KB158270

코로나 19시대

# 은퇴한 시골 노인의
## 봄 이야기

**코로나 19시대 은퇴한 시골 노인의 봄 이야기**

인    쇄 : 2020년 12월 21일 초판 1쇄
발    행 : 2021년  5월  3일      3쇄
지은이 : 오석원
펴낸이 : 오태영
출판사 : 진달래
신고 번호 : 제25100-2020-000085호
신고 일자 : 2020.10.29
주    소 : 서울시 구로구 부일로 985, 101호
전    화 : 02-2688-1561
이메일 : 5morning@naver.com
인쇄소 : TECH D & P(마포구)

값 : 12,000원
ISBN : 979-11-972924-0-8(08310)
  CIP 2020052832

코로나 19시대

# 은퇴한 시골 노인의 봄 이야기

오석원 시집

진달래 출판사

## 시인에 대하여

시인 오석원은 1947년. 전남 강진에서 태어나. 전남 장흥중과 광주일고를 나온 뒤 전남대에서 수학하였고, 국세청 공무원으로 30년 넘게 봉직(奉職)하고 명예퇴직하여 20년이 넘는 세월을 **생거진천(生居鎭川)** 농다리 길에서 귀농 시인으로 살고 있다.

매일 두세 시간씩 맑고 깨끗한 공기를 마시며 걷기를 한 뒤 그날의 감상을 적고 있는데 한 마디 한 마디가 그대로 시다.

보고 느낀 그대로, 삶에서 길어 올린 따뜻한 사랑이 담긴 시어(詩語)와. 피아졸라의 망각(Oblivion)을 닮은 잔잔한 리듬이 독자의 마음을 깨끗하게 씻어 준다. 강요하지 않는 삶의 지혜와 연륜이 묻어나는 시인(詩人)의 목소리가 코로나 19로 힘든 오늘을 사는 우리에게 조용한 위로를 준다. -------오태영(작가)

시인 내외와
아들 오명기가족

# 차　례

# 들어가는 말

발버둥 치며 살다 보면
망가지고 찢기고 상처투성이로 남겨진 채,
가는 길에 고생깨나 하면서 떠나는
많은 사람을 보게 된다.

직장생활은 상하 관계며 동료 간의 부딪힘 속에
스스로 발전을 꾀하다 보면
많은 스트레스가 쌓일 수밖에 없고,

은퇴할 때쯤엔
고민할 만큼의 건강상태로
성인병을 품게 되는 주변 사람이 너무나 많다.

나 또한
정년을 몇 년 앞둔 시점에서
혈압 당뇨에 고지혈증으로
몸이 많이 망가진 모습은
환갑이라도 지내게 될 것인지?
걱정하는 순간에 이르게 된다.

우연한 기회에 진천 농다리 길 산속에
집을 마련해두고 있어서
명예퇴직으로 직장을 마감하고,
시골 생활을 시작하게 되었다.

집 뒤로 산이 연결되어 산을 타고
걷는 것으로 건강을 찾고자 했으며
먹을거리는 내 땅에서 직접 키워
스스로 해결하며 맑은 곳에서 살다 보니,
건강이 회복되어감을 느낄 수가 있었다.

농다리 둘레에 초평호수가 있고
금강으로 흘러가는 미호천이 이어진 곳에는
양천산 줄기의
은여울 산이 위치한다.

하루가 시작되면 특별한 볼일이 없으면
애견 율무와 의무적으로
수목원을 지나 오솔길을 오른다.

봉우리 2개를 넘어서 초평호를
바라보면서 되돌아 내려오면
2시간에 만 보 정도를 걷게 된다.

7~8km의 산오름을 날마다 하다 보니
건강이 크게 회복되고
마지막을 향해 가는 길목에서
치매를 차단하고자 일정을 글로 남기다 보니
이 책을 남기게 된다.

건강은 건강할 때 스스로 노력하면 지켜낼 수가
있다는 걸 내 몸이 증명한다.
60을 목표로 한 시골에서의 내 생활이
며칠 후면 75살이다.

산에서 움직이며 날마다 걷는 모습,
건강을 지켜내는 은퇴자의 모습이
아닐까 생각한다.
움직이는 내 모습이 생활 시인의
영광을 나에게 선물한다.

많이 움직여야 100세를 보증한다.
은퇴 후 생활은 물 맑고 공기 좋은
시골 조용한 곳에서 자연과 함께….

2020년 12월
귀농 시인 오석원

# Part 1

## 코로나 19에도

# 봄은

### 오고 있어요

# 봄의 시작

율무(律無)
법 없이도 사는 너,
먹거리만 있으면 되는 율무차 색깔의 친구다.

천진하고 애교스럽지만
민첩하게 움직일 때는 근성을 드러낸다.

귀 코 눈으로 나타내는 청각 후각 시각은
너무나 부러운 존재다.

놀아주고 먹이를 주는 내가
생일 선물로 널 받았으니
네 주인으로 나타나는지도 제법 되었다.

음성을 알아듣고 예민하게 반응하는 너
내가 긍지를 느낀다.

율무야
집 밖으로 나가는 건
내 승인이 있을 때뿐이다.

성당에서의 미사가
코로나 19 확산 예방 차원으로

일시 중단되었다.

일요일 이른 시간에
가족과 함께
은여울 산길을 더듬고 내려왔다.

찌푸린 날씨가
후덥지근함을 더하는지
땀 흘림을 많이 한다.

수건으로 땀 걷어가며
당기는 근육을 다지기 위해
쉼 없이
오늘도 진행했다.

은여울 2봉에서
율무와 뚝뚝이가
쪼그린 채
날 쳐다보니
간식을 제공하고.

# 산수유

가장 먼저
봄소식 주며
노란색을 보여주려
안간힘을 쏟아낸다.

겨울 같은 봄 속에
움츠린 채 준비한다.
피어나려 애쓴다.

햇볕 쪼이는 양지쪽에
노란색으로
꽃피우며
환한 미소 보인다면
나도 활짝 웃고 싶다.

# 화끈하게 맑다

찬 날씨가 오히려
상쾌함을 느끼게 한다.

나뭇가지 사이로 맑은 하늘이
오랜만에 눈에 띄고,

멀리 초평호 너머로
안개 속에 갇혀있던 산자락이
무게 있게 눈에 들어온다.

전봇대 곁 산수화가 꽃 모양을 만드느라
안간힘을 써가며,
차가움을 기어이 이겨내며 살짝이 노랗다.

따스한 봄이 다가서면
모진 전염병 코로나가 떠날 것인가…?

온 나라가 멈춰선 듯 도시가 멈추고
상가가 문 닫고 재래시장이 뜸하니,

양식이라도 조금씩 비축해야 하려나?
사뭇 걱정스러움은 너 나 똑같으리라.

# 결혼기념일

달과 날이 겹치는
3.3
12.12 11.11 5.5
특별히 기억나는 날이다.

빼빼로 데이니 어린이날
국가정변일로 기억되고
3월 3일은 국세청이 발족하여
조세의 날로 명명되었고

그 기관에서 벌어 먹고살았던 내가
45년 전 오늘 결혼했던 특별한 날이다.

전주의 봉례원 예식장에서
근무하는 기관장 주례로
모든 걸 혼자 주관하였던 그 날이 생각난다.
까마득한 옛날로 기억된다.

바쁘게 최선을 다해
내 몸 살피지 않은 채
세상살이를 해왔다.

가정을 이루어

자식 모두 대학까지 마무리한 후
결혼시키고 손자 손녀 얻고 나니,

45년의 세월이 지나간다.
5년 후면 50년을 맞는다.
건강 지키며 머리 비우고
이쁘게 지내고 싶다.

세월아
알아서 가거라
난 내 생각대로 살겠다.

은여울 산
너무 좋은 내 쉼터로
하루라도 빠지게 되면
아쉬워진다.

은여울 2봉에서
율무에게 먹거리 주며
귀여움을 맛보니
네가
내 친구 겸 노리갯감.

만보(萬步) 코스 끝내고
뒤돌아보며 내려선다.

# 온몸이 땀투성이다

쌀쌀한 날씨가
맑은 공기 푸른 하늘을
온몸으로 받아내니

가뿐한 기분은
코로나로
우울한 하루하루를
잠시나마 말끔하게 한다.

총선에 나서는 자
고개 숙여 아양 떨고,
국민들 마음속에
한마디라도 더하려고

핸드폰 자막으로
쉴 새 없이 자랑한다
세금 끌어와서 한다는 공약
자기 돈으로 할 것처럼

생색내는 니희들은
모두 다 거수기 아니더냐?
잘나봤자더라.

# 춘설(春雪)이 내린다

눈이 내린다
춘설(春雪)이 내린다
생각지도 않았는데
날씨가 차갑더니
함박눈이 날린다.

경칩이 내일인데
개구리
고개 밀며 올라온다.

땅속으로
다시 스며들까…?
걱정스러운 분위기다.

눈이 흩날리는
유리창 밖 아름다움이
한겨울을 다시 만난
어린아이 맘이구나.

흰 눈이 날리는 속에
코로나
너나 날아가거라.

# 경칩(驚蟄)

맑은 날인가?
일출 순간의 햇살 모습이,
실시간으로 변화무쌍한
색깔의 아름다움을 전한다.

율무의 일정이
내 일정으로 자리 잡는,
이른 아침 햇살을
내 눈 속으로 담아간다.

터덕터덕 뒤따르며
율무야!
불러가며
뛰는 걸 견제한다.

찬 공기를 들이키면
정신이 맑아 오고
주변의 아침이 눈에 들어온다.

경칩(驚蟄)인 오늘은 엄청 맑고 깨끗하여
개구리 두더지가
땅을 밀어 올릴 거 같다.

# 퇴비

퇴비가 지게차로 농사현장에 배달된다.
80포 단위로 비닐 상자에 포장되었다.

농사현장에 도착되면
필요한 만큼 사용하며 오래 보관할수록
퇴비의 거름 질이 숙성된다.

올해에는 80포 단위로 2묶음을 준비했더니
마음이 든든하다.

유기농 먹거리를 먹자고 하면
필수적으로 두툼하게
퇴비를 뿌려야만 한다.

꼴망태로 풀을 베고 바지게로 짊어져서
퇴비를 만드느라 한군데에 쌓아가며

두엄 썩는 냄새며,
모락모락 올라오는 아지랑이 냉갈(연기)을 기억하니
돈만 주면 썩힌 퇴비로 포대에 담아
현장에 도착 되는 좋은 세상,
많이 비교된다.

# 일출 주변

미호천 상류
은탄교 주변 강가를
걷는다.

일출 주변의 붉은 햇살이
구름을 헤치며
솟구치다 숨어든다.

구름이 짙어지니
일출 모습을
오늘 보기는 어렵다.

사람 없는 곳
한적한 시골길,

사람 만나도 간격을
유지하는 곳
이런 곳이 그립다.

# 농다리를 바라보니

초평호수 후문 쪽에서
임도를 따라
현대 모비스 음악당까지
맑은 공기를 따라 걸었다.

미르 산 정상 쉼터에서
농다리를 바라보니
아름다운 물길과
고속도로 차량 행렬이
숨 가쁘게 움직인다.

도시의 막힌 공간을 떠나
시골의 야영장에
차량 행렬이 가득하다.

답답함에서 벗어난
젊은이들이
숨을 쉬기 위해 나왔단다.

밭 자락에 둘러앉아
냉이 캐는 아낙들도
농다리 주변에 많이 보인다.

# 무량사

진천에서의 내 생활과
거의 같은 시기에 세워진
집 주변의
조계종 사찰이다.

가꾸고 꾸미고
정결하게 주변을 관리하여
뒤쪽에 위치한 밭이
쓰임새가 있을듯하다.

편백 숲으로
주변을 단장한다니
맑고 향기 나는
멋진 곳으로
변해 가면 얼마나 좋을까?

희망 사항이 먼 훗날
현실로 온다.

# 숲이 그립고

오솔길을 걷고 싶어
오늘도 이른 시간대에
그 장소까지 다녀온다.

한 명도 보이지 않으니
내가 걷는 오솔길 오르막엔
코로나 흔적도 있을 수 없다.

시골이라고
마음 놓을 수 없다.
사는 곳에서 멀지 않은 곳,
괴산 시골 마을이
코로나로 뉴스 중심에 있다.

경북이 가까우니
주변에서 옮겨온 모양이다.

도회지에 연고가 있고
시골을 즐기는 사람 중엔
아무래도 위험인자가
남아있을 수밖에 없어.

# 비 온 뒤 강바람이

비 내린 오늘은
오후 느지막이 미호천
강변에 강바람을 둘러쓰고
오늘 운동을 갈음한다.

잠시라도 걷고자
집주변을 서성이다
율무와 나서니
비 온 뒤 강바람이 너무
상쾌하다.

여기저기 물먹은 꽃
피어나려 준비하는지
산수유는 꽃순이
소나무는 검푸른 녹음이
바람에 일렁인다.

산 너머 저쪽엔
아직도 비가 오는지,
검은색 구름이
밝아지질 않는구나.

# 새벽공기가

맑고 깨끗하다.
해맞이 모습이
예삿날과 사뭇 다르다.

여기저기에 쏘아주는
아침 햇살이
산등성이를 비춰주는
멋진 오늘이다.

비 온 뒤의
주변 모습도
물로 씻어 흘러간
깨끗함이 눈에 보인다.

# 초평호 뒤쪽에서

임도 따라 맑은 길만
찾고 또 찾아 산행을 시작한다.

미호천 미르 전망대
거쳐서
서낭당 농다리 쪽으로
숲길을 걸어서 내려선다.

가파른 낙엽길이
쿠션은 최상이나
미끄럼 방지턱이 있었다면
생각해본다.

초평호가 보이는 곳
잔디밭이 넓게 보인 곳,
명문가 순천(順天) 박씨가
최근에 다듬어둔 산에서
잠자는 곳이다.

농암정(籠巖亭)이 산등성이를
지키는 곳까지
오르막길을
멍석을 깔아서 다듬어둔

미끈한 산책길이다.

길 주변에
향기 짙은 미선나무가,
꽃 색깔을 서서히 드러낸다.

집에 준비된 미선나무가
우리나라 토종 꽃이라고
꽃 좋아하는 옆지기가
자랑을 늘어놓는다.

갑판 길로 접어들어
하늘 다리 출렁이길에서
율무와 찰칵,
기념 촬영 마치고선
뒤돌아 나섰다.

14,250보 2시간 30분간
맑고 깨끗한 곳에서
낚싯배 타면서,

붕어 잡는 한가한 모습도
바라볼 수 있는
초평호를 바라보며
오늘을 마감한다.

# 미선(尾扇)나무

진천 농다리 주변에
집중 군락지로
자생하는
천연기념물.

세계 어디에도 없는
진천의 명물이다.

열매가 부채의 꼬리 모양
향기가 은은하고
꽃이
줄지어 피어나는
귀한 식물이다.

농암정 오르막길에
지금
꽃이 피어나고 있다.

# 새벽바람이 쌀쌀

아침 공기는 맑고 쾌청
일출 주변이 유난히 아름답다.

강가 물줄기에선
물안개가 아지랑이 되어,
뿌옇게 아롱거린다.

보기 드문 멋진 모습에
사진 동영상 촬영했으나,
잘 잡히질 않는다.

동쪽 산마루엔 해맞이가
서쪽 산마루엔 달넘이가
동시에 눈에 띄는,
이른 아침 모습이다.

논이건 논둑이건 뛰어대는
율무의
운동량은 나의 3배는
될 거 같다.

# 은여울 산

거의 날마다 오르내리는
아침나절의 쉼터다.

새벽공기 가르던
미호천 강변과는,
사뭇 다른 쾌적함이 온다.

유산소 운동은
숲이 필수조건이고,
오르내리는 오솔길 흙길이
안성맞춤이리라.

미선(尾扇)나무를
어제는 농다리에서
오늘은 은여울 산에서 찾았다.

천연기념물 미선나무
작고 향기 나는 꽃이
크게 볼품은 없어도
세계 유일의 진천만 있는 꽃,
열매가 부채 꼬리 모양이라니
잘 살펴보리라.

# 미호천 상류

아침마다 율무의 놀이터다.
주변에 백로나 오리가
눈에 띄면 그냥 덤빈다.

새벽의 맑은 공기가
강물 위로 떠다니면
시간에 맞춰,
해님이 떠오르고
해맞이하면서 걷기를 쉬지 않는다.

오늘은 구름이 잔뜩
하늘이 흐리고
공기는 차갑지 않다.

세종에서 병원 들러
오전을 보내고는
오후 서둘러 은여울 산 다녀왔다.

흐린 가운데도
이따금 시원한 바람
구름 사이로 빛을 받으며
오늘을 정리한다.

# 새벽공기 매콤

토요일에 낚시 차량이,
내가 가는 강변 쪽에
연달아 진입한다.

코로나에 시달린
도시에서의 젊은이들
미호천 강변에 쉬러 나온 모습 같다.

율무의 산책길을
산밑으로 이동,
포장된
농로로 진입하니

급히 경사진 산 쪽으로
뭔가를 응시하며
속도 내며 달려간다.

나는 새를 목표로
질주하는 모습에

율무야!
넌 너무 즐겁구나.

# 그냥 달린다

가는 길이 모랫길이건
물길이건
아예 상관하질 않는다.

애견족보 율무다.
오리 백로 참새를 보면
정신없이 내달린다.

잡을 요량이지만,
날리기만 해낸다
사냥총으로 쏠 수 있게만
역할을 할 뿐이다.

오늘도 물 위 오리 떼를
쫓아가느라
몸의 절반은 찬물에
잠겼다.

젖은 몸 말린다고
논둑길에서 뒹굴고.
털고 굴러서
축축함을 피하려 애쓴다.

# 차가운 바람 속에

하얀 눈이 날린다.
시골 모습이
논두렁 밭이랑에서
새삼스레 눈에 들어온다.

매화가 향기를 뿜어내며
봄이 오는가 했더니,
함박눈이 느닷없이 나타난다.

꽃피다 멈추면 매실
수확은 기대하기 어렵다.

언제 매실 열매로
돈 만든 적이 있느냐만,
올해도 아쉬울 게 뻔하다.

어둑어둑한 밤
하얀색 날리는 눈을 보며
계절이 봄은 맞는지?

눈에 묻혀 역병이나 떠나가거라.
개그맨 김병조의 외침이 갑자기 떠오른다.

# 세찬 바람 끝에

고요한 아침이 찾아왔다.
지붕 위의 덮개를 날리며
하얀 눈까지 보이더니,
언제 그랬냐 싶다.

해맞이 방향을 돌아서니
맑고 새파란 하늘 위에
반쪽 달이 떠 있다.

길가 쪽으로
편백을 심어두고
물 흐르는 고랑을 다듬어서
밭까지 올라서는 곳이
단정해졌다.

묵원 스님이 계시는 곳
무량사가 단장하니
주변이 멋진 곳으로 변해 간다.

은여울 산 맑은 공기
미선나무 향을 따라
오솔길에 들어선다.

# 잔뜩 안개 낀 아침

몇 미터 전방도 구분이 힘들다.

밤에 예보 없이 내린 비가 안개로 변한 듯
지붕 밑 물받이로
흐른 물 자국이 보인다.

율무와 아침 산책을 대충대충 멈추고,
오늘 움직이는 곳이 안전한지를 살핀다.


# 위담산방(謂譚山房)에

매화향 가득이 봄꽃이
나타난다.

향기 하면 매화,
싱그러움이 콧잔등을
얽어매는 언덕에

향기로움 날리니
코로나
너는 멀리 가거라.

# 대청호 주변

금강 상류를 걷는다.
데크 도로라서
딱딱한 느낌이 든다만,

이따금 은여울 산
오솔길을 벗어나고픈
충동이 일고,

방콕에 가까운 시골살이가
이따금 역겨워,
내가 살았던 그곳을
한 바퀴 돌며 강 맛을
실컷 느껴보리라.

아니 벌써
푸릇푸릇 수양버들이
파란 물 위로 휘영청
늘어져 보인다.

계절이 한참 지나
며칠 후면 춘분이니,

역병에 아우성치면서도
세월은 쉬지 않고 가고 있다.

안개가 걷히며
맑은 하늘 파란 강이
내 눈을 시원하게 하며
가까이 다가선다.

강변에 이쁘게 피어오른
산수유 노란색 하며
하얀 매화가
향기를 내뿜으며

주변의 벌들을 모아내는지
꽃 속에 벌들이 요란스럽다.

웅크리며 마스크에
온몸을 막아내는 인간들이
불쌍해 보인다.

걷는 사람
너나없이 모두 마스크 낀
현상 붙은 사람집단이다.

# 태풍급 강풍이 예보된 아침

어쩐지 으스스하다.
여기저기 분재급 소나무
정원수를 살피며,
나들이를 자제한다.

목단꽃 피우려 작은 순이
올라오는 마당에서
시원한 아침을 느낀다.

입마개 없이 바깥을 나서는
시골의 나 홀로 주택이
그래도 날
행복하게 하는 건가…싶다.

언제나 같은 시간에
벌겋게 올라온다.

해맞이를 매일 보니
일출을 보는 재미,
색깔을 느껴보며 그냥 즐긴다.

율무야!
오늘은 뭐 하고 지낼 거냐?

# 강풍이 온다 해서

바깥쪽을 바라보니
나무줄기가 너무 흔들린다.

은여울 산에 오르다
비탈에서 밀릴 거 같아
집에만 머물다
답답해서 율무와 나선다.

은여울 교(橋)가 위치한 곳
물이 흐르는
미호강으로
운동길을 잡고 걷는다.

바람 소리 요란하고
파란 하늘에 검은 구름
흰 구름이 요란스레 떠다닌다.

언제부터인가
나는 밖에 나서면 하늘을
쳐다보고
혼자서 중얼거린다.

그림 그리는 화판으로

파란 하늘을 놓고,
눈을 옮겨가면서
여러 모습을 상상한다.

동영상 속에서 흔들리는
나뭇가지며 출렁이는
강물이 요란을 떤다.

율무가 바람에 밀려
귓불이 넘어지고
뛰어오는 모습이 가관으로
강풍 속에 멋쟁이다.

큰바람 너,
이왕 온 김에
미세먼지며
코로나 역병이나 밀어내고
지구를 떠나가거라.

# 봄의 중심 춘분(春分)이다

밤과 낮이 균형을 맞추는 봄의 중간지점.

아침 기온은 쌀쌀하고
강풍이 언제였냐는 듯,
조용한 시골의 아침 풍경이다.

연못으로 낙수 되는
물 떨어지는 소리가
눈을 그곳에 고정시킨다.

들고양이를 발견한 율무,
쏜살같이 올라선 나무 위 고양이다.

그곳을 오르겠다고?
발버둥 치지만 넌 나무를 탈 수 없으니
포기하라고 설득해도 막무가내다.

줄을 매고 돌아오지만 미련을 못 버리고,
계속 뒤돌아본다.
늘고양이들의 노랫가락이 있었는데….

"마음이 약해서"가 떠오르질 않는다.

# 강풍에 밀려온 듯

봄이 짙어진 것 같다.
은여울 산 여기저기에
진달래 연분홍 꽃 색이
내 눈 속에 들어온다.

대청호로 하루가고
강풍에 하루 쉬고 나서
두 번 산행을 비웠더니
그동안에 금세 꽃잔치다.

매화 산수유가 꽃 손님을
코로나에 빼앗기고
남녘 사람들
서운하다 한다더니,

다가서는 벚꽃축제도
봄나들이 여행객도
서운함 머금은 채

금방 왔다가
그냥 지나갈 듯도 하다.

# 내 고향 부모님 계신 곳에

새벽부터
부산스럽다.
집에 계시는 분 먹거리
마실 물 챙겨드리고

서둘러 움직였더니
오전 중에 밟는다.
내 고향 부모님 계신 곳에.

포근함이 스며든다.
동백꽃 한봉우리
눈에 띄어 옮겨본다.

백련사며
푸른 바다 보이는 곳은
서서히 구경하리다.

대발 엮어 만들어둔
사립문을 열고
흙벽돌 쌓아 짚으로 엮어낸
지붕이 보인 곳,

이엉으로 덮어두고

용머리 틀어서 멋을 부려둔
움막 같은 집

토재(흙언덕)를 밟고 창호지로
문 발린 안방문이 있던 집,
문고리 잡고 들어서면

초꽃이 등잔불이
방 가운데를 버틴 집
그곳에서 지게 지고 세상에 태어났다.

세상을 그렇게 시작해
등에 책보 메고
뛰어서 학교 갔던 기억이
솔솔 생각나는
고향 땅을 찾았다.

지금은
기와집으로 둔갑하여
포장도로에
차량통행이 원활한
말끔한 동네다.

마을 앞엔 철길까지
공사 중인 그곳에
조상님을 찾아왔다.

가족 묘원에서
일 년에 한 번 모시는
그날이 오늘인데….

코로나 역병으로
모두 모여 모시는 행사
취소되고 만다.

시골 가족과 나이든 나만
조용히 뵙는 길

보리가 파랗고
겨울을 이겨낸 마을,
보랏빛 갓이며 돋아나는
쑥밭을 눈여겨보며

동백, 목련, 진달래 등
남쪽의 멋을 눈 속에 담는다.

화방사와 큰바위얼굴을
오랜만에 담는다.

청운의 꿈을 품고 그곳에서
공부했던 친구들 모습도 떠올리며.

# 삼삼토정

6번째 행사를 조용히
마무리했다.

코로나 역병 사태로
부득이 행사를 취소
하기로 했으나,

조촐한 모습으로라도
인사드림이 어떻냐는
의견이 있어,

코로나에 다소 여유로운
나와 시골에서 지내고 있는
일부 가족만 참석하여
행사를 마무리했다.

하루 전에 고향 땅을 밟았으나

성의껏 준비하고
다소 부족한 부분은
양해를 구하면서
내년을 예약하고

# 시골 여행

고향 방문을 마치고,
다시 시작된다.
시골에서의 안전한
내 생활이다.

떡 본 김에 제사 모신다는
고사성어가 생각난다.
시골 간 김에
편백나무를 뽑아왔다.

어제 늦은 시간
34그루의 편백을
무량사 뒤쪽,
밭둑에 삥 둘러 심었다.

식목일 나무 심는 행사를
조상님 모시는 덕에
아울러 성취한 거 같다.

심어둔 편백을, 보고 싶어 찾아간다.
해맞이 모습을 담으면서
아침을 열어간다.

# 산에서 쉰다

은여울 산 입구 수목원
잣나무숲 푹신한 낙엽 위에
율무가 뒹군다.

나무를 돌면서 가려운 부분을 긁어대는
그 모습이 가관이다.

콘크리트 바닥길에서 걷다가
흙길로 접어들면
걷는 분위기가 다르다.

무릎 허리 전혀 부담이 없고
걷는 중심이 잡히니
비탈진 흙길 오솔길이
확실히 좋은 걸 안다

하늘이 푸르고 물도 푸르니 강가에
갓 피어난 노란 민들레가 유난히 눈에 띈다.

오르는 산길 여기저기
연 분홍색 진달래가
내 눈길을 잡아끈다.

# 관음전에서

합장하고 낙숫물 소리에
경건함을 느끼는
일출 즈음의 아침이다.

어제 심은 편백이
자리 잡고 숨 쉬는지
살피는 맘,

3시간여를 산에서
주인을 잃었던 율무와
어떻게 움직이는지
살펴보는 시간이었다.

쑥밭으로 변해 가는 그곳에
대추나무, 편백나무를
정성스레 가꾸는 분
옆지기가 고맙다.

코로나 역병에 숨도 못 쉰
주변을 둘러보니
그래도 난
쪼끔은 안전스럽다.

# 꽃으로 변해 가는

은여울 산에
땀 흘리며 다녀온다.

만보 코스에
율무와 함께 가면서
어제의 분실상태를
파악했더니

오늘도 역시,
움직이는 동물기척에
급경사지로 튀어 나가

올라서지 못한 통에
30~40분간 찾느라…
고생깨나 했다.

넌
골든래트리버 사냥개
뿌리라더니….
운동길엔 목줄밖에
방법이 없음을
나에게 알리는 거다.

진달래가 양지바른 곳
곳곳에 꽃님을 자랑하고
파란 하늘이
봄바람 나는 계절임을
알려오니,

틀어박혀 답답한
도시인들
입까지 막아놓고
행동이 불편하니,
언제쯤
자연스러워질꼬?

흐르는 땀을 식혀가며
미선나무 향기 속에
마당에서 숨 쉰다.

11,574보 7.82km 110분
운동한 후
꽃 속에 코 박으며,
머위잎이나 뜯어야겠다.

# 율무 때문에

나를 움직이게 하는
그래서,
해맞이를 매일 매일
일과로 바라본다.

새벽공기의 맑음을
무량사 주변에서
끊임없이 들이킨다.

두리번거리고
먹는 걸 찾고
튕겨 나가며 뭔가를
쫓지만,

부르면 오더니
요즈음은 대응이 없다.
나에게 제 딴은
면역력이 생긴 거 같다.

먹거리를 준비해서
습관을 들여야
그때그때 움직일 건가?

# 율무가 당기고

난
율무 목을 당기며
따라가고
평지에선 놓아주며
호출 후 먹이로 달랜다.

반응은 하는 거 같은데
풀어주면
여전히 날뛰며 달린다.

진달래 한 움큼
손에 뭉쳐 입에 넣고
물 대신에 목축이니,
율무도 목축인다.

진달래 먹고
물장구치며
동요 가락이 떠오른다.

내려오는 길목에서
엄청난 양의 할미꽃단지가 눈에 띄는데
꽃피우기 직전이다.

# 무량사 뒤쪽으로

산을 타고 오르니 몇 년 전에 간벌하고
홍송을 심어둔 국유림이 울창하게 크고 있다.
율무를 앞세우고 길을 찾아 넘는다.

20년 전 처음 왔을 땐
수없이 넘나들던 아담한 산길이었다.

소나무 심어 기른 나무가
내 키 정도 촘촘히 커나가니
길을 내고 걷기엔
어깨 쪽에 부담이 온다.

소나무 새순이
새끼손가락만큼 달려 있어
순 따서 술 담으면 송진주가 될 듯 싶다.

땀을 뻘뻘 흘리면서 산 너머 아담한 곳
꽃 속에 묻혀 외로운 집
누군가의 집인듯싶다.

진달래, 매화, 산수유,
개나리, 미선(尾扇)나무까지 꽃이 피어 넘실댄다.

# 내가 살아야 할 곳

바로 여기다.
산이 있어 맑음이 있고
은여울 언덕에 쉽게 쉽게
접근 가능한 한적한 곳.

누구도 찾지 않는
나만 즐길 수 있는 작은 산.
집 나서면 꼬리치며
소렌토 트렁크로 튀어 오르는 율무.

산에 들어서면 그렇게도 좋아한다.
나 또한 사는 맛이 난다.

비 온다는 예보에 구름 낀 날씨 속에
간간이 햇빛이 보이는
조용한 오늘이다.

소나무 우거지고 앙상한 참나무 순 돋을 즈음
힘들어 누워계신 율무를 눈여겨보며
삥 둘러 진달래꽃 분홍색 아우르는 곳
그늘에 앉아있는
시원한 내 모습이다.

# 봄비가 내린다

풀이 솟는 곳 풀 뽑아 주고
꽃 심고 과일나무 심고
필요한 나무를 심어두고,

목 빠지게 비를 기다렸다.
국화모종, 접시꽃, 수선화며
미선(尾扇)나무, 편백, 체리, 키위를 심었다.

이젠 물주는 수고는
오늘로 끝난다.

봄 비 온 뒤 식물은
푸르름을 더할 것이며
피어나던 꽃잎은
생생하게 퍼지리라.

흑자두의 이쁜 꽃, 앵두, 모과, 배꽃이
꽃 머금고 기다리더니
봄비 맞고 피어날 거 같다.

포근히 내린 비
너, 멋있는 녀석이구나.

# 비 온 뒤 부는 바람

솔잎을 흔들며 산속에서
부딪혀오는 봄바람, 시원시원하다.

시골 처녀 선볼 때 설레는
처녀 맘이 이런 걸까?
너무나 시원하고 상쾌하다.

겪어봐야 알 수 있는 은여울 산 바람을
동영상에 담아놓고,
흔들리는 소나무 보며
미소짓는다.

행복이 별거냐?
비 그친 오후에
솔바람처럼
기분 좋고 시원하면
되는 거 아니더냐?

하늘에 잔뜩 낀 구름
사이로
이따금 보여주는 햇빛도
오늘은 너무나 귀하다.

힘들게 함께 온
일행 율무는 낙엽 위에서
널브러진 채 숨을 몰아쉰다.

주인 끌고 정상까지
헉헉댔으니
널브러질 만도 하다.

4.15총선
비례대표 뽑는 기분이다.
연동형 위성 정당 끼리끼리
묶어놓은
그렇고 그런 사람이
잔뜩 줄 서 있는 모양새다.

정치가 갈수록
뒷걸음치는 그런 기분이다.
힘 있는 자의 줄 세우기
게임이다.

거수기 뽑는 국민들 맘
언제쯤이나 알 것인지?
"멋진 정치 좀 해주세요"

# 작약 순이 볼그레

작약 순이 올라서고,
잘린 나무에 목련꽃이
어설프게 매달린 모습
그나마 그 꽃도
사그라드는 순간이다.

멍울진 꽃
터트리기 직전의 배나무,
엄청 넓게 가지 뻗은 홍매화가
향기를 뿌려댄다.

울타리에 잔뜩 자란
산수유나무 노란 꽃이
열매를 품겠다고 시들며
사라지겠다.

억척스러운 율무 녀석
활 총 쏘아
하늘로 치솟으니,

받아내는 묘기로
날 너무 신나게 한다.

# 춘분이 지나더니

해맞이 시간이 앞당겨진다.
밤의 길이가 짧아져
아침에 운동도 빨라진다.

무량사의 멋진 연못
부처님 좌상이 새벽공기를
압도하는 무량사 뒤편
산 쪽으로 올라선다.

할머니가 누우셨는지
할미꽃이 여기저기에
자리 잡고 올라선다.

평지에서 보이지 않는
할미꽃이
누운 자리 주변에 많은 까닭을
어떻게 생각해야 정답일까?

대추와 편백을 심어둔 곳
둘러싸인 산과 산 사이
자연인의 쉼터가 여기다.
바위 바닥에 계곡물까지 흐르니.

# 일출 6시 25분

일몰 18시 52분으로
낮시간이 30여 분
밤시간 보다는 길어졌지만,

찬 기운이 스머드는
하얗게 서릿발 보이는
새벽이다.

인삼밭에 외국인 노동자,
마스크 잔뜩 끼고
덮개 공사를 하고 있다.

해 뜰 시간에 시작하는
외국인 노동자의 삶
독일 중동으로 취업 나간
우리들의 옛날 삶을
보는 것 같다.

율무와 2km 3천여 보
편백과 대추나무 살피며
오늘을 시작한다.

# 초평호 뒤쪽으로

뚝뚝이네와
임도 따라 올라선다.

온갖 꽃이 봄을 알리고
미르 전망대에서
농다리 주차장을 보니
가관이다.

코로나에 지쳐
방콕하던 인파가 모두 나와
농다리에 몰린 듯
차량이 가득 채워진 주차장.

넘어오다 바라본
범바위 캠프장이며
물이 보이는 밤나무골
캠프장에도 가득가득
인파로 넘친다.

사람 보이는 곳 피해서
나만 아는 산길로 더듬어서 즐기다 보니
미선나무 향긋함도 향기로 느끼면서,

## 자연에

의지하며 사는 삶
강산들이 어우러진 곳
오늘을 쉬는 곳이다.

미호천에 흐르는 물
강가에 자리 잡은 실버들
푸른 줄기 축축 늘어져
제멋을 낸다.

길가에 보이는 벚꽃
구경꾼도 없이 외롭게
피고 있다.

쟁기로 갈아엎은 논 자락
아니 벌써 물 받아두고
나락 심을 준비로구나.

여기저기 세계 여러 곳
아우성치는
코로나 19가 사뭇
예사롭지 않다.

# 오랜만이다

은여울 산보다 훨씬
정감 있고 코스가 맘에 드는

산속 아파트
경향렉스빌 뒤쪽 산을
돌아서 내려온다.

경사도가 약간 있지만
오르락내리락 쿠션이
너무 좋은 오솔길이다.

길섶으로 양쪽엔
진달래가 꽃길을 이어주고
이따금 앉아 쉬는
나무턱도 준비된 멋진 곳이다.

소나무가 하늘 향해
기지개 켜며 서 있다.

맑은 하늘이 시원하게
내 맘을 휘젓는다.

이렇게 좋을 수가?

# 3월이 마무리된다

코로나에
마음 졸이다 1/4분기가
그냥 넘어간다.

새벽 운동차 나섰더니
논두렁이 하얗다.
서릿발이 눈에 띄니
엄청 맑은 날씨다.

밭을 일구고 퇴비를 뿌리고
모종을 준비하는
농사철이 돌아온다.

나무 심고 꽃 심고
묘목 시장을 들락거리며
시골에서의 초봄은

꽃구경을 위해
먹거리를 위해
끊임없이 준비한다.

# Part 2

## 코로나 19에도

# 꽃은

## 피어났어요

# 해맞이가 없는 날

하늘은 온통 잿빛이다.
구름 한 장도 떠다니지
않으니

하늘이 한 장의 구름으로
덮인 모양이다.
밝은색 물감으로
휘저으면… 그림 한 장을
완성할 듯싶다.

파평(波平) 윤씨네
조상님들께 조용히
묵례 드리고 산등성이로
올라선다.

간벌 후 심어둔 솔밭에서
뒤돌아 내려서며
아쉬워하는 율무 녀석
달래면서
아침 운동을 마무리한다.

# 삼길포항

서해를 휩쓸고 왔다.
삼길포항
떠 있는 배 새마을호에서
놀랜 고기 자연산 놀래미와

다리 쭉쭉 낙지를 엮어
마스크로 입 막고
횟집에 들어선다.

지치게 먹어야 면역이
생긴단다.
우럭 매운탕에 떠온 놀래미
한번 먹어봅시다.

너무나 오랜만이라
회덮밥도 꿀맛이요.
술 없이 먹어도 그 맛이
기가 막힌다.

돌아오는 길목에
왜목항을 찾아간다.

모래벌판 해맞이 공원

엄청난 인파가 텐트를
치고 있다.

재택근무하는 젊은이들
수없이 모여있어,
발 디딜 틈도 없다.

모래가 날리고 갈매기가
달려들고
많은 인파가 모여있다.

인파의 아우성 속에
파란 바다
멋진 곳이 왜목마을 너,
서해의 멋진 곳이구나.

오는 길에 실치 무침
소문난 장고항
들리고자 준비했으나,

여기는
입구부터 차량이 밀려있어
포기할 수밖에 없었다.
방송 탄 그곳에
실치는
구경도 못 했다.

석문방조제 쭉 뻗은 바닷길
17km 쭈~욱 뻗어
좌측으론 넓은 바다
망망대해
이어져서 중국이 보이는,

우측으론 민물호수
한강이 저리 가는 푸른 민물
이어지니,

방조제에 올라서서
찰칵 한 컷 찍어
내 모습을 살펴보니
머리칼 날리는 너
자연인이 따로 없다.

대호 -석문 -삽교 방조제로,
방조제 바닷길 쭉 뻗은 곳만
100리길 40여km를
운전하며 달려봤다.

4시간 넘게 300여 km
즐거운 오늘이니
스트레스여
떠나거라. 코로나여 잘 가거라.

일하는 달 4월 초하루,
오늘은 하루 쉰다.

내일부턴 힘들게
농사일로 빠지리라.

이웃집 형과 나눈
두 집만의 즐거움.
행복이 별겁니까?

사 온 낙지는 일하면서
취합시다.

갈매기는 먹이 찾아
사람 모이는 곳에
그 모습도
자유롭다.

# 아침 운동

매일 매일 율무와
산책하는 일과다.

가볍게 차려입고
주변에 산 쪽으로
등성이
찾아 나선다.

따박따박 걸어서
율무 살피며
무량사 쪽 뒷산에 오르니

나무에 등 비비며
이곳저곳 냄새 맡고
부지런히 종종댄다.

맑은 날 크게 춥진 않으나
오늘도 인삼밭 뒤쪽에서
불러도 대응이 없다.

그냥 집으로
나 혼자 가버릴까?

# 20kg 유기농 퇴비

한번 들어보면
그렇게도 무거울 수가….

젊은 시절이
확실히 지났음을 느끼게 한다.

윗 밭에 60포대
아랫 밭에 30포대
삼발이로 밀기도 하고
등에 짊어서 나르기도 하고

2시간 반을 움직였더니
허리도 어깨도 너무나 뻐근하다.

흑자두 연분홍꽃
많은 벌이 모여들고
서리맞아 변색된 목련이
보는 나를 안타깝게 한다.

겨울 지낸 부추로 전을 부쳐 점심에 가름하여
한 접시씩 먹었더니
포만감 들어 끼니를 넘긴다.

# 여기저기 친구 찾아

꽃구경하고 싶다 해도,
역병에 조심조심 스스로가
챙기는 요즘.

단체모임 모두 멈추니
졸업식, 결혼식, 모임, 예배
미사, 봉축이 모두 멈추어 선다.

해 먹겠다는
정치꾼만 호응도 없이
자기들끼리 야단법석,

SNS 통신망만
어지럽고 요란하며,
찻길 옆에 손 흔들고
색깔 자랑에 번호 알리니

4.15 그 날까진
볼거리가 심심치 않다.
꽃 속에 사는 시골살이
너,
네 팔자가 그래도다.

# 조용한 물가에서

나 혼자 걷는다.
흐르는 파란 강물에
이따금
백로와 오리가
한가롭게 날아오른다.

나와 친구 된 율무
주고받는 말은 없어도
눈치껏 알아듣는다.
쏜살같이 달린다.
뭔가를 잡겠다고 속도를
내본다만….

상대는 들고양이,
나무 위로 올라서니
용용 죽겠지…다.
인적이 드문 곳에 혼자서
지낸다.

율무에게 사정하며 생각 없이 걷는다.
힘들게 움직였던 어제를 보상한다.
가볍게 움직인다.

# 철쭉이 피어난다

새벽공기 가르며 오른다.
뒤쪽으로 뒤쪽으로
십수 년 전에 반송과
해송을 심어둔 곳.

오르는 길목마저
눈에 보이질 않는다.
짐승들이 다니는 길목만
보일 뿐.

해송 심은 곳엔
낙엽이 푹신하고
죽은 잔가지가
내 손
오기를
간절히 바라고 있다.

반송 심은 곳엔
아카시아가
하늘을 가르고
왕성하게 자리한다.

# 맑은 하늘

푸르름에 취해서
길가에 살구꽃 사이로
그 하늘을 바라본다.

웬 바람이 이렇게도
많이 부나…?
여기저기에 휘날리는
쓰레기…. 비닐, 종이컵,
커피 빼먹은 너저분한 모습.

파평 윤씨네 산소에
승용차가 도착한다.
강원도 양양에서 진천까지
혼자서 왔단다.

한식이 내일인데
가족 행사가 코로나로
멈춰서 혼자서
그 먼 거리를 왔다니?

이렇게 멋있는 젊은이도
이따금씩은 있는 거로구나.
크게 감격스럽다.

한식엔 산소에서,
식목일엔 나무 심는 곳에서,
청명엔 맑고 좋은 곳에서,
내일은 겹치는 그날이다.

바람이 많이 불어
미세먼지는 없어 보이고
충북대 캠프장엔 젊은 가족
모여드니,

코로나 피해서
숨 쉬러 나온 도시인들
계속 몰려서 텐트 밑에
모여든다.

안타깝게 느껴진다.
그래도 아파트보단
야외인 캠프장이
낙원인가 싶다.

은여울 산을 멈춘 오늘
그동안 밀린 시골 일에
하루를 바삐 쓰니,
적당히 움직였구나.

# 소나무를 등받이하고

하늘을 우러르며
푸른 공기를 마신다.

은여울 산에
오랜만에 오르니
많던 진달래는 사그라지고
산 벚꽃이 모습을 드러낸다.

미호천 강물에 드리워진
천변 벚꽃 아름다움이,
구경을 차단해버린
석촌호수나 윤중로 벚꽃을
나에게 대신 준다.

땀 흘리며 오르는 길에
할미꽃 군락지가 있다.
꽃 모습을 위로 솟으며
오가는 모든 이에게
어른 할매 구실을 한다.

산에서 율무와 쉬노라니
이보다 더한 고요함 세상에 있을 수 없다.

# 꽁꽁 얼었다

율무의 아침 나들잇길,
돌아와서 씻으려니
받아둔 물에 얼음이 얼었다.

밤사이
찬 기운이 영하였던가?
흑자두며 복숭아가
꽃 피는 시기이며

꽃을 마무리하는
앵두, 매화, 산수유,
찬 기운이 영하로 접근하면
수확 시기에 아쉬운데.

한식에 청명을 지냈으니
나뭇가지에 물오름도,
속도 내며 올라서리다.

새싹이 눈에 띄게
푸르름을 더해가니,
고로쇠 수액도 마감 시기가
다 된 듯하다.

# 농암정(籠岩亭) 벚꽃단지

꽃 속에 앉아있다.
웅웅대며 우는소리
끊임없이 들려온다.

미선나무 향긋한 내음에
벚꽃에서 흐르는 시원함이

일벌들을 꼬드긴 듯,
벌이
꽃 속에서 나르는 소리
119 소방차 달리는 듯
쉼 없이 귓전을 때린다.

하늘은 짙푸르고
꽃 색깔은 너무 희며
온 산을 뒤덮으며 초평호를
아우르니.

여기가 천국인가?

맑음에 빠져서
천년 묵은 돌다리 농다리를
뚜벅뚜벅.

오늘을 시작하며

덕석인지 멍석인지
깔아서 길 닦은 곳,
농암정 길 따라 산등성이를
걷는다.

오른쪽은 초평호
왼쪽은 미호천 냇물이
산자락을 휘감고 흐른다.

비탈진 곳 여기저기
오솔길 주변마다
진달래 창꽃이 내 눈을
휘둥글게.

꽃 검색을 해가면서
분꽃임을 알아낸다.
꽃 속에서 하루를 보내며
초평호 낚시터 주변에서

낙엽에 쿠션 느낌도 원 없이
걸어본다.
코로난지 코딱진지
제발 떠나가거라.

# 아침 공기가 차갑진 않다

해맞이가 쉽지 않은
우중충한 하늘에
이따금 햇살을 내보인다.

쌓인 모습의
구름층이 아름답게
단장하는 오늘의 도화지다.

할미꽃, 복숭아꽃,
조팝나무가 꽃을 선보이는
언덕길,

율무가
쏜살같이 달린다.
장끼와 까투리의
단란한 신혼 잠을
깨운 것만 같다.

소리 내며 하늘로 치솟는
꿩 가족 왈,
율무 너는 매일 아침
우릴 깨우며 즐기는 거냐?

# 꽃이 변해 가고

앙상한 가지에 순이 오르고
변덕스러운 봄 날씨에
중심 잡기 힘든 요즘이다.

퇴비를 살포하고
모종을 심기 위해 밭 갈기를
주문했지만,

차일피일 미루면서
4월 말 쪽을 들먹임은
농사 달인들이,
해오던 모습을 반복하기 때문이다.

참나무에 등을 기댄 채,
튀어 나간 율무 녀석
올 때까지 기다린다.

개버릇 어디가나?
속 썩이며 쉬는 사이
헐레벌떡 다가선다.

반갑다.

# 엄청 맑다

하늘이 너무 푸르니
넓은 바다를 보는듯하다.

단잠 자는
꿩 가족을 하늘로
치솟게 한 율무,
오늘 아침도 바쁘다 바빠.

물에 잠긴 논바닥으로
허우적대며
뛰었으니
진흙구덩이에.
흙투성이,

말썽꾸러기가
들개로 변신한 너
율무로다.

퇴비 50포대 이동하여
쌓아두고
밭갈이 트랙터길
준비하는 시골 노인네 둘.

# 맑고 쾌청한

가을 같은 날이다.
깨끗한 바람을 매달고
뒷산을 더듬는다.

연분홍 진달래와
하얀색 재래종 진달래
눈에 담으며 걷는다.

오솔길 양쪽 소나무, 참나무
사이사이에서,
초록색 잎사귀로
꽃 모습을 감춘 미선(尾扇)나무가
여기저기 즐비하니,

항암제 약초는 내 눈 속에
담아둔다.

노인 일자리 할배들이
등산로를 정비하고
쉼터까지 준비된 이곳
사람이라곤 안 보인다.
역병과는 거리가 먼 조용한 산행길이다.

# 만물이 소생하는 요즘

집 뜰에 꽃나무가 꽃 순을 피우려
용틀임 중이다.

작약. 목단. 새로 심은 체리가
순을 올리고,
고목 된 배나무가 꽃봉오리
보이면서…활짝 피울 꽃을
준비 중이다.

이웃집 마당엔 벗꽃을 잔뜩 달고
한그루가 외롭게 집 단장하고 있다.

소나무 높이 솟은 곳
하늘 쪽을 바라보니
파란 하늘이 맑은 날을
예고한다.

해맞이 아름다운
새벽 나들이
네 핑계를 대면서
나는
오늘을 시작한다.

# 아침

이른 시간을 보내고 나선
운동 삼아
미호천 강변을 가본다.

강둑에 보를 막았는지
은여울 다리 밑에 물이
잔뜩 고여있다.

미호천에 고인 강물
한강은 저리가라다.
대형 호수다.

그곳에 먹이 찾으며
오리가
떼 지어 모여있다.
너희 오리 모습이
너무나 아름답다.

흐르는 강물,
늘어진 버드나무,
동영상에 흔들린 꽃,

변해 가는 그 모습에

나만 느껴본다만,
내 것일 수만은 없다.

자연스런 그 모습에
내 맘을 그냥
함께하고 싶다.

점심시간에
주변 친구들과 모여앉아
아주 좋은 오늘을 엮었다.
쐬주를 들이킨다.

민들레 달래 뽑아서
안주 삼아, 먹어봤다.
봄의 향기를 느끼면서
봄을 품은 시간이었다.

돼지고기 삼겹살에
오겹살 들먹이며, 실컷 먹는다.
원 없이 먹어봤다.
즐거운 오늘이다.

시골에 살면서도
멋진 이웃과 함께하며
세상을 바라본다.

# 4.15총선 사전선거일

산자락에 달을 보며
일찌감치
투표장에 나선다.
6시에 집을 나서 투표장에
이르니,

입구에서 살균소독
칸 막아서 한 사람씩
들어서니
손 소독에 마스크 착용
안내방송 후 입구를 경유하면,

열감지기로 이마를 검색
투표장에 들어선다.
비닐장갑을 끼우고
절차 밟아 투표하니,

일 다니는 동네 분이
뒤따라서 들어선다.
내 의견은 주었으니
국민을 바라보고 멋지게
정치하시라.

새벽공기가 제법 차다.

미호천 강변에
아침 운동 나서니
호수처럼 고인 물에
해맞이가 멋지고 아름답다.

나뭇가지 사이로
아침 해를 들여다보니,
파란 하늘에 떠오른 태양
푸른 물에 영상으로
맑은 오늘을 보여준다.

선거에 임하면서
코로나
방역체계가 완벽함을
느껴본다.

국가는 제자리에서
할 일을 하는구나.
믿고 살게 하는 나라다.

# 하얀 구름 떠다니는

햇살 좋은 맑은 날이다.
은여울 산 입구에서
꽃잎 날리는 벚꽃 보며
아쉬움을 달래본다.

올해 벚꽃 구경은
주변에서 살피면서
인적 드문 곳에서만
조용히 즐긴다.

여기저기 산모퉁이로
뭔가를 쫓다가
헐레벌떡 달려온다.
물병에서 꺼내든 물
흘려가며 들이킨다.
누가 돌아다니다 오랬니?

내 몸속도 축축하다.
땀 흘리며 다지는 몸,
걷는 자여.
건강은 네 것이라 했으니
참고 이겨내거라.

# 흐린 날씨

해 떠오는 동녘 하늘이
구름 속에 쌓였는지
해맞이가 맑지 않다.

발등에 이슬이 맺혀온다.
밤공기가 포근했는지
촉촉함이 잔디에 보인다.

도화가 밝히는 꽃순이며
벌써 수염을 내보이는
할미꽃 봉우리,

봄도 거의 저물어가는 듯
세월 가는 속도만
유다르게 빨라진다.

계단계단 잔디 덮인 곳
왔다 갔다 걷다 보니

숲속 푹신한 곳에
맑은 공기 마셔가며
오늘을 마련한다.

# 들판을 가로질러

미호천 강변을 걷는다.

여기저기에 승용차가 서 있다.
방콕 멤버가 낚시터로
모여 앉는 모습이다.

배꽃, 체리꽃 꽃망울 보이면서
열매를 맺을는지
싱싱한 꽃 모습을 예고한다.

조팝나무에 하얀 꽃,
분꽃처럼 활짝 피어
강가 분위기 잡아주고,

연녹색 짙게 드리운
수양버들 그림자가,
바람에 날리는 갈대 모습과 함께한다.

강변에서 동영상으로 오늘을 저장한다.
벚꽃이 줄 서서 피는 곳
할미꽃이 모아져서
아무도 없이 나 혼자 즐긴다.

# 서리가 하얗다

아침 공기가 매우 차고
해맞이 주변이
서리 맺힌 듯 뿌옇다.

멀리 보이는 산자락은
검은색 둔덕처럼
안개 덮인 모습이,
햇살 받은 가까운 곳과는
너무나 다르다.

하늘을 쳐다보니
구름 한 점 보이질 않는
깨끗한 날이다.

할미꽃 즐비한 곳,
언덕에 올라서서 동쪽 하늘 쳐다보며
숨쉬기하고 있다.

갈아서 골 타둔 밭,
비닐 씌워 준비하자면
오늘의 산행은
못할 것만 같다.

# 연중 가장 힘든 작업

밭
갈아엎어서
관리기로 고랑 틀고
줄 따라서 비닐을 덮는다.

풀과의 전쟁이 시작되는
시골 밭농사는
필수적으로 비닐을 씌운다.

씨앗을 넣고
모종을 이식하며
골라잡은 먹거리를
비닐 씌운 곳에 심고 뿌리면

유기농 건강식으로
이것저것 생산된다.
거저 들어오는 것은
아예 없음을 알고 있다.

흰 꽃 민들레가 여기저기
이쁜 모습을 보이고
피나무 꽃이며
자목련, 도화, 금낭화 등

온갖 꽃이
피어난다. 시샘하듯이.

봄맞이 꽃잔치가,
져가는 벚꽃과 진달래를
대신하려는 듯,
철쭉이 꽃눈 보이며
뭉쳐있다.
벌어지려 앙탈을 부린다.

작년에 준비해둔
비닐만으로는 고랑을 못 덮었다.

부족한 일부는
월요일에 준비해서
끝내리라.

만보기를 점검하니
만보 주변 도달하고
거리로는 8km를 넘어섰다.

노동이 운동이라
말하기는 어색하지만,
흘린 땀이 보증한다.
넌 오늘 운동한 거야!

# 조팝나무 꽃

하얀색 꽃잎이 줄줄이
달려있다.
향기를 뿜어대는 잡목 속에
아름다움이 유달리
와 닿는다.

잔뜩 낀 구름이
잿빛 하늘을 보여준다.
올 듯 말듯 기다리던 비는
어제의 거친 바람에
어디론가 사라졌다.

명상에 젖어 들며
산속에 앉아본다.
푹신한 낙엽이 발바닥에
와 닿는다.

힘든 농사일에
콧속이 요란하다.
많이 힘쓴 흔적이
붉은색 코피로 표시된다.

# 소두머니

물이 돌아 내려가는
멋진 곳.
은여울 둘레길이

마을 입구에서
소두머니
지나
농다리까지 이어진다니
상산 팔경 중
우담제월이 더더욱
돋보이는 곳이다.

미호천 상류
물줄기 넉넉한 은탄교
윗부분에서 맑고 깨끗한
공기를 마셔본다.

초록빛 잔잔한 물결
가슴속에 담아두려
보고 또 보며
오늘을 엮어낸다.

# 배꽃이 줄을 서서

살고 있는 뒤쪽 밭
배꽃이 줄을 서서
하늘로 치솟는다.

하얀색 꽃
봄 느지막이 아름다움을
가슴에 안기는
나주 들판에 가장 많이
모아지는 그 꽃이다.

무량사 뒤쪽으로
아침 걸음걸이를
옮겨간다.

신난 녀석 율무가
논둑길을 달려가니,
오리 떼가 나른다.
검은 색인데.

유기농 논 자락에서
먹이 찾아 모였다가
율무에게 쫓겨간다.

잡아내지는 못해도
오늘도 신났겠다.

꽃 잔디 줄 수 있는
무량사 언덕 너머
산비탈에 물 고인 곳,
부처님께 합장하고
할미꽃 잔뜩 있는
그곳으로 옮겨간다.

먼저 가서 기다리는
율무의 산책길이다.

총선을 치르는 날
맑고 깨끗한 오늘이다.
일할 일꾼
순조롭게
뽑아내길 기원한다.

말로 씹어대는
잘난체한 정치인은
많이 밀려나는 기분이다.

# 길 없는 산길을

벚꽃이며 꽃 잔디가 왕성하게 피어있고
우리 집에 심어둔 꽃
흰 꽃 민들레가 멀리도 날아와서
노랑 민들레 속에 이쁘게 자리했다.

언덕길을 힘깨나 써가며
올라섰더니,
산등성이 쪽에
뻗은 나무가 숲을 이뤄 시원하다.

언제부터인가?
나를 챙기는지
가는 곳 어디라도 껍딱지로 붙어온다.

은여울 산 이외의 곳
여기저기 운동길을 새롭게 찾아내니
전해오는 생거진천을
내 몸으로 증명하리라.

길 없는 산길을
낙엽을 미끄럼타며 힘들게
오늘을 보낸다.

# 선거에 참여했다며

4.15총선에
고령자 3분 할머니의
투표 참여 얘기가 화제다.

116세의 할머니 2분과
111세의 할머니 1분이
빠지지 않고
선거에 참여했다며

며느리와 딸내미의
부축 하에
기권 없이 움직이는걸
바라본다.

66%의 투표율에
한몫하시면서,
경상도와 전라도분
이셨으니,

아마도 파란색 당과
빨간색 당으로 갈려서
찍었으리라 생각한다.

개표방송을 보면서
국민들은
정치인 너희들보다는
위에 있다는걸
많이 느껴본다.

똑똑한 체하며
트집 잡고 태클 걸고
사사건건 휘두르는 인간들은,

보기 좋게 고개 숙여놓은
이번의 국민선택을 바라보며
과연 무섭구나.

어쩌면 그렇게도
잘 고르나 하며
크게 손뼉 치며 고소해한다.

힘 실어준 우리에게
멋진 정치로
보답하는 21대 국회로 되어준다면

고령 할머니처럼 투표하며
좋은 나라에서 오래오래
살고도 싶어진다.

# 호박고구마

며칠 전에 모바일주문
5kg 순을 받아들고,
비 오기를 기다렸다.

비가 오긴 왔는데
먼지 나는 밭고랑이니,
한스럽다.

기상 예보를 살폈지만,
비를 맞으며 심기는 가망이 없다.

새벽부터 물을 준비
차 뒤 칸에 가득 실어서
조로에 의지하며 2시간을 심었다.

포근할 정도로 물을 부으며 정성을 다했다.
며칠 동안은 계속해서
물주기를 해야 하고,

자연스럽게 비라도
한번 온다면
자리 잡을 것이다.

# 바쁜 체 하며

은여울 산 산행을 거르다
며칠 만에 오솔길에
들어선다.

하늘에 떠다니는
하얀 구름이
오솔길에
늘어선 나뭇가지 사이로,

멋진 형상을 만들며
아름다운 하늘을
수놓아가며 흐른다.

어둑어둑한 어젯밤엔
개굴개굴 청개구리가
구슬프게 엄마를 찾더니,

오늘
은여울 오솔길에 들어서니
요 며칠 새에
이렇게도 변했다.

벚꽃은 사라졌고

앙상한 참나무 가지엔
연녹색 푸른 잎이
직사광선을 막으며
오솔길에 그늘을 드리운다.

온산이 파란색으로
이미 둔갑을 했고
분홍색 진달래는
보이지를 않는다.

하얀 꽃 재래종 진달래가
주렁주렁 단장한 체
땀 흘리며 올라서는
날,
너무나도 반겨준다.

은여울 2봉 만 보 코스에서
소나무에 등 기대며
흐른 땀을 식혀간다.

고구마 심느라 4천 보에
3km를 움직였더니
만삼천 보에 10km는 거뜬히
해낸 거 같다.

# 코로나 19가

70년 전에 호열자(콜레라)로
앞뒷집에 가는 것이 제한되고는
처음 겪는 큰 전염병이라고

시골 구례에서
농사짓는 90세 할머니의
6학년 때의 콜레라 역병
경험담을 방송에서 들어봤다.

전염병이
움직임을 제한하니
정치, 경제, 사회 활동은
물론이고 가정에서의
가족 간 대면까지 서먹서먹하니,

인간은 자연에
묶임을 당한 채
스스로 해결되기만을
기다릴 수밖에 없다.

아침 일찍
율무가 좋아하는 곳

나 외의 어떤 흔적도
없는 곳.

뒷밭을 향해 율무 앞세우고
가본다.

꿩 가족 새벽잠을 3번씩이나
깨우며 꿩을 날리는
신나는 율무 녀석과
할미꽃 동산에 앉는다.

구름 사이로 떠오르는
햇살이 주변을 밝히며
멋진 하늘을 만든다.

봄이 깊어가며
꽃 모습이 많이 바뀌며
산방(山房)의 분위기를
꽃이 압도한다.

비가 내려야만
모종 이식이 수월한데
코로나로 얽힌 요즘,
뭐하나 농사일이
쉬운 게 없다.

# 미호천 변 강 쪽으로

발걸음을 옮겨간다.
바람이 제법 불고
비라도 몰고 올듯한 어두운 날이다.

하늘엔
온통 구름이 덮여
푸른 모습이라곤 아예 다 없다.

강변에 수양버들이
하늘하늘 날리며
물결과 어울려
동영상 담기에 넉넉한 분위기다.

방콕에서 벗어난
젊은 낚시꾼들이
여기저기에 낚싯줄 드리우고
세월을 낚고 있다.

제발 비 좀 쏟아지기를
하늘에 빌어본다.
오후 늦게 내린다니
희망을 품고 기다려보자.

# 봄비

시골 농사꾼에겐
심어둔 고구마가
땅에서 자리 잡게
봄비를 포근하게 내려준
더없이 좋은 날이었다.

낯선 새소리가
오솔길을 따르더니,
시원한 바람 속으로
어디론가 사라졌고,

미세먼지 전혀 없는
숲속 나무 사이로
이따금
따뜻한 햇살이
이마에 흐른 땀을 조용히 말려온다.

스쳐 가는 바람결에
습한 기분 사라진다.
콧속까지 들어오는 시원한
봄바람에 산속 쉼터 한곳에서
차분하게 쉬고 싶다.

# 관음전 앞

묵상하고 기원한다.

종교에 대한
법륜스님의 "즉문즉설"을
즐겨듣는 나로선,

가톨릭 신자로서의
감각을 유지하며
부처님의 삶을 설법을 통해
귀에 옮겨가며

중생들이 겪어가는
세상살이의 부딪힘을
가슴으로 품어간다.

비 온 뒤라서
맑고 깨끗한 공기가
아침을 압도한다.

연못에 떠 있다가
율무의 훼방에 날아간
2마리의 오리를
사진으로 담는 데 실패하고

물에 잠긴 하늘 모습을
찰칵!
어디선가 다시 오리가
날아 올듯한 곳에
돌로 준비한 거북이가 보인다.

나를 끌고 다니며
쏜살같이 뛰어다니는
율무가
너무나 신난다.

오리며 꿩을 날리는
재미에
힘든 줄 모르는
야생 개 같은 너다.

작년에 심은 대추나무
올해 심은 편백나무
밭에서 올라오는 파란 쑥
빗물을 들이키고 싱싱하다.

철쭉이 왕창 모습을
보이는
양지바른 곳에,
꽃잎이 계절을 증명하고 있다.

# 바람이 분다

엄청 센 강풍이다.
태풍은 아닌데 산봉우리
모든 나무가 소리 내며
흔들린다.

이따금 쪼여오는
햇빛은
은여울 오솔길에,
소나무 참나무의 움직이는 그림자를 그려낸다.

흔들리는 동영상에
오늘을 담아보며
시원함에 겨워서
제법 차가움도 몸에 온다.

오르는 길에
풀어준 율무
산비탈에서 짖어댄다.
뭔가를 찾은 거 같은데
내 눈에는 안 보인다.

불러도 오지 않고
눈에서 멀어지니

제자리에 멈춰선 나다.

없어진 그곳 주변에서
기다리면 달려온다.
헐레벌떡 씩씩대며
주인 만나 반갑다는 듯
입 벌리며 웃는다.

은여울 2봉에서
쉬면서 간식타임이다.
물 간식을 먹고
비치 즙도 같이 흡입하니,

율무야!

운동 가자고 집에서
낑낑대고
산에 와선 네 맘대로
행동하고

낙엽에 고개 묻고
쿨쿨 자는구나.
많이 움직였으니
너라고
별수 있겠니?

# 해맞이

영롱한 모습의 둘레를
두르고 빛을 내뱉는다.

해를 맞은 할미꽃이
하얀색 머리털로
종자를 남길 순간에
이르러간다.

수국이 녹색 꽃망울에서
하얀색으로 변해 감을 살피고,

고개 쳐든 고사리가
동네 아낙의 손길을
기다린다.

맑은 하늘의 오늘은
바람 없이 잠잠할듯하나
아침 공기는 여전히 차갑다.

자두꽃 요란히 달린
동생네 밭두렁에서 과수원이…
땅을 관리함에 한숨 한번 쉬어본다.

# 인적 드문 등산로

혼자서 율무 앞세우고
끌려가며 오른다.

바람이 세차게 불어오고
나뭇가지 꽃들이
엄청 흔들린다.

연한 진달래
재래종 진달래가
철쭉이 피는 시기에
군락을 지어서 피어있다.

귀한 꽃인데
많이 서식하고 있으니
귀한 줄 모르겠다.

선글라스 낀 내 모습
골든래트리버 안내견처럼
율무가 산길을 안내하니
당겨준 만큼 힘이 덜 든다.

# 어제 기상 예보는

영상 3도가 최저기온이었다.
아침에 눈 떠보니 마당에 서리가 보인다.
영하온도를 찍었으니 서리가 온 거다.

연녹색 순이 수없이
세상 구경하는 중인데
행여 찬 서리 맞아
녹아 버리진 않을는지?

늦가을에 서리맞으면
호박잎 고구마순 고춧잎은
바로 시래기로 돌변한다.

해남 봉팔 형님 고구마를 심어두고
조마조마했는데
기상 예보를 너무 믿고
대비하지 않았더니
걱정한들 엎질러진 물인가 싶다.

며칠 더 두고 살펴볼 뿐이다.
심고 비 와서 여유 있게 살았다 하며
자랑스러워했는데.

# 오늘도 바람결이

어제 수준에 거의 같다.
찬바람이 부딪혀오니
흘린 땀이 감기로 돌변할까 싶다.

은여울 오솔길에
불어오는 바람을
움직이는 나뭇잎으로 눈여겨보며
쉬지 않고 걷는다.

만 보를 채워야만
하루가 마무리된다.
그냥 걷는 거다.

율무 녀석 성화에
집에서 게으름 피울 수도 없게 된다.

어느새 은여울 2봉에
나 혼자 도착한다.
율무는 오다가 뒤처져서
어디론가 튀었다.

# 구름 한 점 없는

맑은 날씨
무량사 쪽 뒷밭에
산책을 나선다.

어제까지 몰아치던 강풍
잠잠해진 거 같은데
예보 상으론
오늘도 강풍이라니.

여전히 찬 공기에
하얀 서리가 내렸다.
모종 이식은 빠른 거 같다.

할미꽃밭에서
율무와 속삭이며
오늘을 시작한다.

# 맑은 하늘이 나무 사이로

파란빛을 보여주지만
오늘도 강풍이 나무를
흔들어댄다.

계절은 곡우(穀雨)를 지나
입하를 바라보지만
찬 기운이 녹녹지 않아
모종 이식조차 어색하다.

4.15총선에선 서울에서
어제는 부산에서
잘 나가던 오씨(吳氏)가
여성들에게 나가떨어진다.

대권을 노린다는 한 분은
서울시장을 지내고도
처음 도전하는 여성에 떨어져서

또 한 분은 3전 4기 어쩌고
저쩌고 하면서
서럽게 단체장에 오르더니,

나이깨나 훔친 현재도

그걸 못 참고 헛짓하더니

보기 좋은 모습으로
해명 기자회견이랍시고
투덜대며 찔끔댄다.

에라, 이 인간아!
누구 말로 지구를 떠나가거라.
주제 파악도 안되면서
어디 부산을 사랑한다고?
네 여편네나 챙기거라.

시골에서 농사일
걱정하는 일과 중에도
은여울 2봉 만 보 코스를
난
오늘도 해낸다.

# 미호천 강변

오늘 아침 산보 길이다.
멀리 논두렁에
시커먼 셰퍼드가 뭔가를
더듬거린다.

겁 없는 율무가
냅다 달려든다.
하룻강아지 범 무서운 줄
모른다더니.

크기가 산더미 같은
셰퍼드를 쫓아가더니
다시 쫓겨온다.
내가 셰퍼드를 쫓아주니
힘을 받고 다시 쫓는다.

셰퍼드 모습이
가관이다.
줄이 목에 매달린 체
도망가는 이웃집 개다.

덩치가 중요한 게 아니구나.
골든래트리버

네 이름값이구나.

낚시터에
새벽 일찍부터
낚싯줄 늘여놓고
세월 낚는 젊은이들
수원에서 진천까지 왔단다.
공휴일임을 느낀다.

구름 한 점 없는
맑은 하늘이지만
바람결은 오늘도 제법이다.
산을 돌아온 율무가
헐떡이며 돌아온다.

율무야
가자꾸나.

# 아침 운동 마치고

돌아오는 길목.
뒤돌아보니 율무가
달려간다.

논둑을 가로질러
쏜살같이 달리더니
눈에 띄지 않는다.

걷다가 기다리면
나에게 돌아오겠지….
항상 그랬으니까….

아무리 기다려도
오질 않는다.
여기저기 둘러봐도
보이질 않더니,

쟁기질로 엎어놓은
논 중간지점에서
뭔가를 먹고 있다.

고라니를 쫓아가
평지가 아닌 갈아엎은

논에서 울퉁불퉁 한곳에서
고라니를 덮친 모양이다.

온기가 유지된 채
넘어진 고라니가
율무의 먹잇감이 되었다.

그렇게도 튀어 나가며
나를 힘들게 하더니
드디어 한 마리 잡은 모양이다.

생고기를 흡입한
사자 모양의 너
율무 네가 맹수의
피를 받은 게 맞구나.

아침에 셰퍼드와
쫓고 쫓기더니
오늘은 큰일만 저지른
율무 녀석
저걸 애견으로 받들어

내일도 계속

# 모과꽃이 저렇게 많이

재래종 진달래며
열불처럼 퍼지는 자목련과
어우러진 꽃동산에,

취나물 솟아나고
머위잎이 또 먹을 때가
된 거 같다.

바람 한 점 없는 하늘이
오늘은 고요하다.
움직임이 전혀 없다.
그렇게도 야단법석
바람 속으로 가두더니

거북 단풍 오그리고
훔쳐 심은 미선나무
사다 심은 쌍 벚꽃이
대추나무와 친구 하며

울릉도취, 복분자, 블루베리,
초크베리, 꾸지뽕이
빡빡하게 늘어선 곳,

꽃피우는
수선화 튤립이 한몫하는
작은 공간 오르막길에
태양광 가로등이
멋을 내고 서 있구나.

헤일 수 없이
많고 많은 봄꽃 속에서
이름도 더듬어야 겨우겨우
생각난다.

산속으로 유람 나간
율무 녀석이
아직도 오지 않는다.

# 바람 소리 조용한

따스한 날이다.
낚시하는 사람이 전혀 보이질 않는다.

아침 일찍 철수했는지
강변에 아무도 없이
수양버들 곁가지만
물결 위로 흔들린다.

산기슭
늘 가는 골짜기로
발길 옮겨 쉬고 있으니

제 세상 만난
율무
주변을 잘 안다고
산비탈을 휘젓고 헐떡이며
나에게 온다.

간식 타임에 식수까지
마시고는
잠시 쉬었다 또 뛰어간다.

# 할미꽃밭에

나 혼자서 무량사 뒤쪽
편백과 대추가 크는 곳,
계곡에 앉아 쉬려고
걷고 또 걷는다.

논둑길로 가로지르고
개천을 뛰어넘어
비탈진 산자락을
시속 80km로 달린다.

어느샌가 산 정상까지
올라선다.
뭘 보고 뛰는지?
헉헉대며 나타난다.

할미꽃밭에 편한 자세로 쉬면서
맑은 하늘 쳐다보며
오늘을 계산한다.

해를 등진 그림자가
길게 늘어서며
분위기를 잡아준다.

# 시원한 산 공기

마음껏 뛰어다닌
율무 너도
푹 쉬거라.
헐떡거리며 물 들이켜고
간식도 먹을 만큼 먹었다.

바람결은 오늘도 여전이다.

이동 중에 바라보니,
비닐 벗겨진 밭고랑에
일하는 아낙들이
여기저기 눈에 띈다.

비바람 서리로,
고라니 멧돼지에 뜯겨,
무성한 잡초에 의한 재해 등
농민들이 겪는 고생은
현장에서만 느낄 수가 있다.
숲에 둘러싸인 산속 집에는
이따금 멧돼지가
비벼댄 흔적이 눈에 띈다.

# 밤늦은 시간

태양광 전등이 신기하여
살피러 밖에 나온다.

초승달로 분위기 잡은
하늘 밝은 곳에
유난히 밝은 작은 별 하나
내 마음을 붙든다.

어둡고 깜깜하던
산속에 오르막길,
슬그머니 밝아지며
밤새도록 어둠을 밝혀준다.

어둠 타고 밤이면 나서는
야생 멧돼지도
이제는 아웃이다.

시원한 밤공기가
머릿속을 맑게 하는
그렇게 좋은 시골이다.

# 여기가 가마골

경사도 45도쯤 되는
정교수네 종산(宗山) 정상을
낑낑대며 안간힘을 쏟는다.

전후좌우로 펼쳐지는
산정상에서의 모습 중엔
우측 골짜기에 내가 사는 곳도 보인다.

여기가 가마골로 불리는 곳인데
그 골짜기를 파고들어
누군가가 나를 오게 했던 곳이다.

내 몸을 찾았고, 은퇴 후의 삶을 찾아
외롭지만 20여 년을 벌써 살아왔다.

욕심을 부리고 발버둥 치며 삶에 올인했던
대도시에서의 삶이,
세끼 먹고 살자는 것뿐인데

배고픈 어린 시절을
나로 끊자고 다짐하며 살았다.
멋 부리며 살자꾸나.

# 목줄을 풀어주고

가다가 서서 살피고
옆으로 튀었다가
다시 돌아와 내 위치를
확인한다.

율무야!
네가 살 길을
네가 알긴 아는구나.

거의 대부분을
줄에서 자유롭게 하며
은여울 2봉에 도착한다.

등에서 흐른 땀으로
오늘을 보상할듯하다.

모종 이식에 힘쓰는 시기
5월이면 바쁘다.
오늘 아침에도 하얀 서리가
농사일에 기다림이
꼭 필요함을 알려준다.
먼저 심는다고 먼저 수확하지는 않는다.

# 어둑어둑한 시간대에

밖으로 나와
율무와 보낸다.

대문을 닫아놓고
태양광 전등에 불이
들어오는 시간대에
율무와 걷는다.

하루가 저물어 들고
초승달이 산자락에 걸쳐지는
어두움이 제법 운치 있는
멋진 시간대다.

세상사는 좋은 애기가
돌고 돌아 그 말이 그 말이다.

좋은 세상에 살자고 하면
베풀고 은혜 주며 나만을
생각하는 고집에서
벗어나자는 그 말이다.

# 아침을 시작한다

바닷가엔 수평선
넓은 들엔 지평선
높은 언덕을 넘어서면서
언덕 위에 선으로,
떠오르는 아침 햇살을 본다.

유난히 빛을 발하는 햇살이
오늘의 날씨를 말한다.

뿌연 이슬이 할미꽃밭에 앉아,
율무 다리목에 물기를 던져준다.

아침마다 이슬 밟는 녀석
발 시리지 않은 건가?

4월 초파일 연등 행사가 무량사에 준비되지 않는다.
꽃밭에 물 주던 보살,
율무의 멍멍 인사에
연등 행사는 윤달이 끼인 금년엔
한 달 후인 5월 30일에, 떡 먹으러 오라 한다.

뿌옇게 멀리 보인 산
좌불상 뒤쪽에서 아침을 시작한다.

# 철쭉이 많이도 피었다

철쭉이 이렇게도 종류가
많은지?
미처 몰랐다.

샘가에는
퇴비 먹고 우물물 먹으며
싱싱한 미나리가 커가고 있고,

상치, 쑥갓이
파릇파릇 올라선다.
씨뿌린 지 보름 만이다.

길고 긴 코로나 역병
조금은 안전한 것 같기도 하다만,

섣부르게 행동하기엔 다소 어색하니,
그냥 움츠리고 버텨?

불 밝힌 야간 모습 너무나 아름답다.
달빛 속에 아련히 별도 보이고,
걷는 길목마다 훤히 비쳐대는
태양광 불빛이 아름답고 이쁘다.

# 토끼가 산다

밤이면 밤마다 먹이 찾아
토굴에서 나와 움직인다.

도로 옆에 풀밭
밭두렁에 먹거리 채소
우물 옆에 고인 물
닥치는 대로 먹는다.

율무가 아침마다
비호처럼 쫓아가지만
날쌤 정도가 번개,

좁은 틈으로 숨어드니
허탕 치고 씩씩대는
율무가 안타깝다.

집토끼를 키우다
이웃집 개의 침입으로
모두 가셨는데

어떻게 살았는지,
홀로 남아 지금껏 산다.

잡히지도 않고
집 밖으로 나가지도 않고
어느 틈새에 숨었는지도 모르게,

밤이면 먹거리 찾아
움직인다.
오늘은 승용차 불빛에
길에서 멈춰 섰다.

질긴 목숨의 잽싼 집토끼
이젠 산토끼나 똑같다.
산으로…옮겨가거라.
짝도 없이 살지 말고.

# 음력 4월 초파일이다

오늘은
석가모니 탄생일인
음력 4월 초파일이다.
동남아를 비롯한 불교국가
연등을 켜고 축하하는 명절,

예수님
구유에서 탄생한 날
양력 12월 25일
크리스마스로 세계적인 명절

김일성
백두산에서 탄생했다는
양력 4월 15일
태양절로 북한의 대명절,
선물을 잔뜩 주는 날

언제부터였는지
음력 오늘이 공휴일로
지정되어 나라 전체가 쉰다.

나야 날마다 공휴일이니
오늘도 평일로 알고

율무와 운동 삼아
미호천 강변을 걷는다.

맑은 날 아침 햇살
잔뜩 쪼이며,
거의 매일 내가 운동하는 곳

밤샘 낚시터로
텐트도 보이고
세워둔 외제 차도 오늘은
눈에 띈다.

농번기엔 농민들
일하는 주변이라서
예의상 낚시가 금지된다.

산속으로 튀어 나간
율무를 기다리며
맑고 시원한 공기
실컷 들이키며 쉬고 있다.

무량사 연등 행사는
한 달 후로 밀려있다.
윤달에 코로나 때문이란다.

# 귀한 꽃 모란

6월을 화투짝에선
목단으로 그리는데,

귀하게 피어나는 모습이
숨어서 잎 사이를
헤치고 나오듯,

딱 한 송이만
눈에 띈다.
며칠 내로 여러 모습의
목단이 피어나길 바란다.

수국이 꽃망울을
연녹색으로 준비하며,
주먹만큼 포근한 하얀 수국을
수일 내로 보일듯하다.

넝쿨을 뻗어 나가며
더덕 순이 뻗어나는 곳
코를 울리는 더덕 향이,

가시넝쿨을 뻗어가며
찔레가 꽃향기를 준비하는

요즈음,

심어둔 작약밭에
몽실몽실 많은 꽃망울,
향기 진동하며 꽃동산을
차릴 것 같다.

은은한 전등이
주변을 비춰내는 곳
별과 달이 어우러진 하늘에
내 정신을 잠시 멈춘다.

붉은색 단풍잎이
집 주위를 압도하는
4월 마지막 날에,
고개 쳐든 잡초가 제 세상
만난 듯하다.

# Part 3

## 코로나 19에도

# 행복은

## 계속됩니다

# 근로자의 날

노동자의 날
노무자의 날이다.

어린이날, 어머니날, 스승의날,
어버이날,
축하하는 그래서 쉬기도 하는
기념일이다.

5월 하면
방정환 선생님의
어린이날만 기억했었는데
많기도 하다.

5월이 시작되는 오늘은
근로자 여러분의 날이라서
미호천 변 낚시터엔

밤새며 세월 낚은 분이
내 눈에 띈다.

산란기라서 잘 잡히지
않는다며 2마리를
잡아서 기분이 좋다나?

은퇴자인 나는
은퇴인의 날이 매일이니
쉬고 놀고 걸으며 지내다가,

일이 있으면
노무자로 일터에 임한다.

땅과 함께하며,
자연인의
기쁨을 갖기도 한다.

잠시 쉬는 사이,
산으로 튀어 나간 율무다.

기다리면 오겠지?
노는 장소에 익숙한 녀석,
돌아오는 멋도 생겼다.

우중충한
그래서 주변이 어둡다.
개구리 울음소리에
한참 취했었다.
어젯밤 가로등 밑에서.

# 고추

고추가 밭에 심어졌다.
갈아서 비닐 씌우고
모종 사서 이식하니
자리 잡고 서 있다.

고추 사이사이로
말뚝을
세워두는 일까지 끝냈다.
자라는 걸 봐가면서
끈으로 묶으면서 지탱하도록

돌봐주고 살피면,
풋고추, 익은 고추, 아삭이
당고추 등 먹을 것이
유기농으로 나타난다.

모래 아침나절에
비가 온다니
내일쯤 시골장터 나가,

가지, 오이, 토마토, 꽈리고추
사다가 심어주고
밭 가장자리에

찰옥수수 씨 넣어둘 것이다.

비트, 참깨며
호박, 수박, 참외를 심는 일만
거들어주면,

올해에도 큰일은 넘어간다.
시골에서 다소 외롭지만
자식들과 떨어져서
거리 두고 지내보면,

서로 간에 부담도 없어지고
쏠쏠한 맛도
이따금씩은 나타난다.

욕심 부린다고
되는 시기도 아닌데
비우고 또 비우고
은퇴 후의 나다.

태양광 전등이
잔뜩 켜지는 밤 풍경이
공원 맛을 주니
걷고 싶은 시원한 밤이다.

# 아침 공기가 여름 기분이다

5월이 4월과는 너무나 판이하다.
아침 공기가 여름 기분이다.

후덥지근하고
걷는데도 등에 땀이 흐른다.

연휴라서 미호천 변에
낚시 나온 차량이 즐비하고,
밤새우며 강변에서 보낸 텐트족 중엔,

반려견, 여인네들
친구들끼리 즐겼는지 먹거리가 잔뜩 쌓였다.

낚시는 여유로운 삶,
기다림과 쉼의 여유이며
한가한 생활의 연속이다.

모내기가 임박한 5월
미호천 농업용수를
논배미에 끌어드리는 물흐름이 보인다.

여름 날씨의 무더움이 세월을 읽게 한다.

# 시골에 자리 잡고

동물 가족
식물 가족 수없이 챙겨봤다.

똑똑한 진돗개
이건희 농장 족보로
챙겨두고, 자랑스럽게
한참을 같이 해봤다.

주변 농가에 닭이란 닭은
보이는 대로 결딴내긴 했어도
고라니 멧돼지는 얼씬도
못했었다.

이따금 산짐승 잡아
내가 먹을 수 있게 마당 앞에
진열도 해놨었다.
족보 있었던 명견
진돗개 심바였었다.

가버리고 수년 되니 집 뒤쪽에,
언덕 비비며
멧돼지도 나타나고,

텃밭에
새순 뜯어먹으러
고라니도
수없이 달려든다.

삥둘러 밭둘레를
망으로 막아놓았지만
그래도 불안하다.

오늘은 뭔가를 먹었다.
내가 키우다 포기한
토끼 한 마리
그걸 끓여서

허술한 토끼 집이 문제였는지
동네 개가 달려들어
키우던 토끼 여러 마리를,
모조리 작살냈었다.

용하게 한 마리,
혼자 살아남아서는,
농작물로 심어둔 먹거리를
싹둑 싹둑 잘라먹으며
속 썩이며 살았었다.
오늘 투망에 걸렸다.

# 예보된 비

새벽에 기별만 보이곤
올동말동 하다.

비닐에 구멍 내서
비 오면 빗물 들어가라고
준비되어 있는데,

하늘을 쳐다보며
빗방울을 소원한다만
야속한 비는,
내 고향 호남지방에만
쏟아붓고 마는갑다.

빗물 머금은 예쁜 철쭉
비 기다리는 주인과는
아랑곳도 없이 맑은 웃음을 보여준다.

너 참 이쁘구나
여러 색깔 모습.

예쁜 꽃 철쭉 주변 사과꽃이 줄 서 있고,
직파해둔 금화규 살겠다고 순 내민다.

# 온다는 비는 쪼끔

결국은 물통으로 지하수 옮긴다.
참깨. 비트, 옥수수, 모종,
대파, 도라지를 심기 위해선
힘들게 물을 옮겨야
마무리된다.

운동이 노동이니
자꾸자꾸 쉬어가면서
철인처럼 열심인 한 분을
우러러 쳐다본다.

상토를 씨앗 위에 덮으며
휴… 휴
숨쉬기 힘든 나를,
내가 걱정한다.

세월이 왜 세월인지를 많이 생각한다.
노인(老人)임에 틀림이 없다.

여기저기 피어나는 꽃을 살피며
기분이 업그레이드된다.
꽃은 좋은 거 맞다.

# 농번기가 가까워지니

여기저기에 트랙터가
논을 갈아준다.

자욱한 흙먼지를 올리며
논을 몽글게 갈아엎는
동네 분과 손 인사드리며
걷고 있다.

비가 소식만 주었으니
마른 땅에서 자욱이
흙먼지를 뿜을 수밖에.

용수기로 미호천 물 당겨
다시 갈아서 골라주면
이앙기가 벼 판을 내린다.

초록색으로
나란히 나란히 줄을 서는 일
한 달 이내로 마무리된다.
세월이 또 진행된다.

힘든 재래식 밭농사
경지정리로 기계화된

논농사로 크게 나뉜다.

엎드려서 못줄 잡고
거머리에 물리던 시절

그 시절은 옛날이고,
내가 살았던 어린 시절이다.

60여 년 전이 아련히
떠오른다.

아낙들이 똬리 받쳐
음식물 이고 와서,
들 밥에
막걸리 한 잔 흥을 주던
논두렁 음식 판도
그리운 옛날이다.

율무는 어딜 갔나…?
기다리는 시간이다.
엄청 뛰어다니는 모습
기분 좋은 녀석이다.

2박 3일째 낚시하는
가족이 아침마다 마주친
나에게 인사 나눈다.

# 봄을 넘기며

재스민향 그윽한
시골집 토방에 걸터앉아

봄을 넘기며,
사그라지는 철쭉
수염 날리는 민들레

할미꽃 꽃수염을,
멀거니 쳐다본다.

바람에 날아오는
연초록 송홧가루는,

옷을 벗어 털어내야
주변이 맑아진다.

쌓인 모종들이 땅 맛보러 떠날 순간을
내 손에게 하소연 중이다.

모종 이식에 바빠진 요즘
그것도 일이랍시고,
운동보다는 어렵구나.

# 오늘이 어린이날이다

미호천 강변을 향해
집주변 하천 둑 포장
준비구간부터 계속 걷는다.
새로운 코스다.

1km 1,500보가 체크되니
왕복 2km 3,000보로
좋은 코스다.

포장공사가 2-3일 내
완료된다니,
마을 분들
많이 이용할 것 같은
천변 멋진 도로다.

연휴 기간 내내
낚시터에서 세월을 보낸
두 가족과 손 인사하고,
오늘은 철수란다.

그래도 붕어. 메기. 잉어까지 조획했다니
잘 쉬고 즐기고 간 거 같다.

# 모란이 지면

씨 받는다고 작년에
취나물에 정성 쏟더니
뒷동산 언덕에
먹기에 딱 알맞은 취,
한 바구니 따온다.

장조림으로 담아두면
머윗대 두릅처럼
몸에 좋은 시골 먹거리가
탄생하리라.

모란꽃이 시들어가면서
코에 쏟아지는 짙은 향
잊을 수가 없다.
너무나 황홀하다.

모란이 지면,
피기 직전의 작약꽃이
향을 뿜으며 피어날 듯
망울 모습이 보인다.

# 오늘 뿌려준 하늘비로

오후 내내 축축하게 비 내린 길
그 길로 율무와 함께한다.

서쪽으로 해넘이 모습
비 온 뒤라서인지,
너무나 밝은색이다.

어디 자리 좋은 곳에
무지개라도 펼쳐주면
황홀할성싶다만,
아주 아쉽다.

심어둔 모종이며
뿌려둔 씨앗이 빗물을 만났으니,

금년 농사는
그 가뭄에도
시작하는 조짐이,
성공할듯하다.

인간의 힘은 자연을 거스를 수 없는 것,
오늘 뿌려준 하늘비로 다시 한번 계산해본다.

# 물안개 가득한 새벽길

앞이 전혀 보이질 않는다.
멀리 눈에 띄어야 할 산, 숨어들었다.

물안개 가득한 새벽길,
몇 미터 앞길도 더듬댄다.

어제 내린 빗줄기가
이렇게 으스스한,
그래서 제법 찬 아침 공기를 준다.

무량사 쪽 뒷밭에 이르니
순이 가장 늦게 나오는 나무,
대추나무에서 뾰족이
연녹색 잎이 나오고 있다.

올해 심어둔 편백은,
안타깝게 말라간다.
뽑아와서 심은 거라 정성이 부족한 거 같다

동산에 올라서니
물방울 맺힌 할미꽃이
하얀 수염 나부끼며 반겨준다.

# 은여울 오솔길에 녹음이

눈 깜짝
계절이 바뀌며,
은여울 오솔길에 녹음이
짙게 물들었다.

비 온 뒷날의 오솔길
산행
상상해보라.
살살 바람결이라도
마주쳐오면 시원함을
표현하기 힘들다.

촉촉이 젖은 산길에
오솔길을 덮어오는
짙은 녹색의 참나무다.

앙상했던 참나무가
기억에서 사라지고
연녹색 푸르름을
송림과 함께 너울댄다.

빗물에 씻겨 내린 송홧가루
너까지,

연초록 아름다움을
내 눈으로 옮기는구나.

어제가 입하(立夏)
계절이 바뀌는 날
비 내리는 들판을 살피느라,
계절 바뀜을 잊었다.

오랜만에 은여울 2봉
만보 코스로 땀 흘리니

평면을 걷는 거보단
낮은 곳이라도 그곳이
산이라야…
운동 기분이 나타난다.

푸른 산 맑은 공기
숨쉬기에 아주 좋다.
코로나여 이젠 너도,
갈 때가 된 거 아니더냐?

# 아침이 열렸다

가던 코스를 젖히고
취가 자라고
먹거리가 커오는 곳에

율무와 함께 올라선다.
언덕배기 경사가
예사롭지 않지만,

오르막 길목이
익숙한 장소라서 다리근육
붙는 곳이기도 하다.

지는 꽃도 많던데
여름이 시작되니 또 다른
꽃들이, 내 눈을 어디 둘지…?

잠시 한눈팔면 나물이 떠나간다.
머위, 두릅, 오가피가
샌다고 표현하는 그 지점

아쉽지만, 별수 없다.
기다리면 또 자란다.

# 메타세쿼이아

가로수로 기억에 남는
나무다.

혀를 굴려도
자꾸만 나무 이름을
머릿속에서 꺼내기 힘든
엄청 키 크고 몸통까지
굵은 수목이다.

담양의 가로수길
장태산의 산림욕장 입구
은여울 중학교 입구 100m길,

가로수길로 미호천을
끼고 양옆으로 서 있다.
낙엽 져서 쭈뼛했는데,
5월에 접어들자
연녹색 녹음으로 하늘을
덮어준다.

은여울 산,
완전히 숲길이다.
잣나무 수목원 길

참나무 소나무 오솔길

그 사이로 목 풀린 율무가
자유롭게 뛰어간다.
가다 서고 서다 가고
내가 오는지 살펴 가며
등산길을 안내한다.

어디로 튀더라도
그냥 놓아주고 찾는 것도
포기하니,
알아서 찾아온다.

인적이 드문 시간,
오전대에 오르는 길은
율무가 끈 풀린 채
자유로운 모습이다.

아침 일찍 미호천 강변
오전 시간 은여울 만보 코스,
끈 풀린 율무가
나를
안내하는 가이드 코스다.

# 둥그런 달

어둠 속에 보름달이
가로등과 어울려
유난히 밝게 시골길을
밝혀준다.

밤바람 쏘이려
도로변에 나섰으나,
불빛 외의 그 무엇도
눈에 띄지 않는다.

구름 밀어낸 둥그런 달,
깜박이는 작은 별,

내 눈 속에 들어오는
오늘 밤 선물이다.

낮에 만들어둔 태양광
전등불이 꽃 속에 빛을 준다.

개구리 울음소리
유난히도 요란한 밤,
모내기 시작되기 전에도
넌 중심 없이 우는구나.

# 오늘이 어버이날

5월 8일
오늘이 어버이날
어머니날로 시작된
날이지만

왜 아빠 날은?
그래서
어머니 아버지를 이어서
어버이날로 제정.

낳아주시고
키워주느라
온 힘을 다해준
부모님.

아무리 불러봐도
머릿속에만
남아있다.

가신 후에
생각한들 그 무엇도
드릴 수가 없다.

용돈이며 맛난 거며
좋은 곳 어디며

지금 생각하며
그리움에 젖어본들….

내 마음 둘 곳은
어디 어느 곳도 없다.

살아계실 때
눈에 띌 때
할 수 있을 때를

놓치고 나면
두고두고
왜 그렇게밖에.

한숨 쉰들
무엇하겠는가?

어버이날에
넋두리 풀며

혹시 누굴 기다리는
내가 아닌지?

# 저 높은 지붕에

태양광 발전시설물이 올라섰다.
국가에서 보조하고
자부담 일부로 시설물을 설치했으니,

전기요금 걱정은
이제 없다는데….
두고 봐야 할 일이다.

용량이 적긴 하지만
가정용 냉난방에
적절히 사용하면,

정원에
설치된 엘이디 가로등과
멋진 조화를 이룰성싶다.

6명이 6시간을 공사하는 젊은 기술자들
전주에서 오셨단다.

시원한 여름 따뜻한 겨울로
탈바꿈하며 전기요금
걱정 없으면 그만이다.

# 비가 개인 뒤

아직은 습하고 흐리지만
은여울 산 쉼터를 향해
내 맘이 쏠려간다.

가는 길에
미호천 물가엔
릴 던지고 투망을 던지며,

흐르는 물길을 즐기는
차량이,
내가 차 세우는 곳까지
여러 대가 주차되어있다.

모내기는 5월 하순부터
진행되는 순서인데
물 고인 논바닥에
이앙기가 줄 세운 볏모,
벌써 눈에 띈다.

볍씨를 눈 틔운 지 얼마 되지!
않았는데,
성질 급한 귀농인들
작은 볏모를

논바닥에 깔아둔다.

전문농사꾼의
기계품을 빌려 쓰는
순서다 보니,
먼저 먼저 심어두는 모양새다.

농촌에 시계는
돌고 돌아 쉼 없이 간다.
밭농사에 이어,
논농사로 세월이 진행된다.

비 온다 쉬고
모임 간다 쉬었더니
오늘
산행길이 많이 힘들다.

늘어선 푸른 숲이,
오솔길을 가려서니
길목을 제쳐가며
혼자서 즐겨본다.

등에 얼굴에 흐른 땀
오늘 코스를 다녀온다.

# 어둠이 쌓이는 시간

어둠이 짙어지는 시간이
밤 8시다.

어둠 속에서
태양광 등불이 켜지는
그 시간을 지켜보며
분위기에 휩싸인다.

꽃과 나무가
앞으로 뒤로 주변 모두로,
산이 보이고 어둠 속에서
조용함이 깃드는 곳을,

나 홀로 살펴보는 순간
어두운 쪽에서부터
태양광 등이 켜진다.

달이 떠 있는 곳
별이 반짝이는 곳
개구리 울음소리 박자 맞춰
들리는 곳,
그곳에 내가 있다.

# 포장한 하천제방

둑길,
내가 걷기에 안성맞춤이다.

그 길을 기다린 보람이 있어,
맑은 물이
잡초 없는 하천 바닥을
조용히 흐른다.
소리 없이 흐른다.

매끄럽게 농로 포장된
낯선 길에서 율무가,
어리둥절하더니

낯익은 기존도로에 들어서니,
알아서 안내한다.

이리 뛰고 저리 뛰고
미호천 강변에 몸까지
담그면서 요란법석이다.

산 쪽으로 옮겨서니
비탈진 산비탈을 비호처럼 올라서고
신나는 율무 녀석,

# 찔레꽃 향

아주 많이 기다리던
자연스러운 향기다.

산모퉁이 돌아서
느지막이 운동하는 중,

코가 먼저 냄새 찾고
눈이 꽃을 나중에 찾는다.
동네 가는 길목
요란스럽게 꽃이 보인다.

천하디천한
찔레다 보니
찔릴까 걱정되어
손타지 않는 야생화다.

고급스러운 작약도
밭 언저리 주변에 사랑스러운
모습을 활짝 펴 보인다.

진한 향이 진동하는
꽃 주변 생활이 당분간은 이어질 거다.

# 미호천 강변을 따라

집에서부터 걷는다.
찻길에선 율무 행동을,
끈으로 차단하고

제방에 포장된 도로에
도착하자 자유롭게 풀어준다.
신나는 너,

구속받지 않은 율무
얼마나 행복한거냐?
이리저리 뛰어보며
발 주변엔 온통 이슬에

흙까지 묻었으니
들개로 변한 네 모습,
가관이로구나.

모내기 차 물 끌어대는
그 지점에 담가서,
발 두 덩이를 씻긴다.
네 모습을 바라보니
자유가 그렇게도 좋은 거냐?

# 새벽부터 들꽃에

빠져든다.
이쁜 말로는 야생화라
곱게 들먹이지만,

아무 곳에서나
스스로 알아서,
제멋대로 순 나고
때 되면 꽃 피고,

맺을 때 열매 맺어두고
자연스러운 세상살이하는
그 꽃이 야생화다.

미호천 강변 따라
논둑길로 포장길로
산자락 둘레길로,

이리저리 걷다 보니
찔레꽃, 아카시아꽃, 분꽃이
한결같이 하얀색으로
들판, 산자락을 도배한다.

이름 모를 야생화가

색색이 늘어서서
시샘하며 핀다만,

꽃 검색도 귀찮다.
네들 알아서 아무데서나
피거라.
난 보며 즐긴다.

아카시아,
꿀 따는 사람들이
꿀통 싣고 올 때가 되었는데
아직…이다.

한때는 우리 집을
꿀통 놓는 장소로 대여하고
꿀을 시식한 적도 있었는데…?

마을에 꿀벌 키우는
이웃 때문에 그것도…땡 쳤다.

새로운 만보 코스
10,682보 8,63km 2시간
걷고서, 운동을 마친다.

# 좁은 논둑길에서

수평을 잡아본다.
평균대 넓이의 논둑길을
가로질러서 건너야 할,
그런 길을 만났다.

율무는 쏜살같이
달려나가는데,
뒤뚱거리며 겨우 건넌다.

신고 있는 장화 짝이
흙 속에 빠져들어
흐르는 물에서 씻어야
정상이다.

건강 검진 시 치매 검사에
한 발로 서기를 하던데,

이젠 노인이 되었으니
여러 모습을 내가 스스로
지켜봐야
가는 길이 편하다.

읽고 쓰며 머리 굴리고

계산하고 기억하며,
기억 되살리는 반복된
생활 습관이 꼭 필요한 듯.

어제 종일 내린 비는
미호천 강물을 유유히
흐르게 했고,

논둑길 풀속으로
방울방울 물 맺힌 모습이
나와 율무에게 습기를
얹어준다.

균형감각이 대단한 녀석
율무 너는
뭐가 그렇게 즐거운 거냐?

이리 뛰고 저리 뛰고
좁은 논둑길 비탈진 산비탈
눈에 띄는 데로
마냥 달려가 본다.

야생화 살펴보며 거의 매일 보고 있는,
같은 모습의 강변길에
사진 촬영도 싱겁다.

# 어둑어둑해지는

해넘이 후에는
대문을 향해 움직인다.

개구리 울음소리
개굴개굴…. 개굴개굴,
어두워진 다음에는
새벽이 가까워질 때까지

박자 맞춘 개구리 리듬이
너무나도 정겹다.
청개구린지 식용개구린지
모습 보여주진 않으니, 알 수는 없고,

논두렁 밭 자락 주변
풀이 우거진 곳,
모내기 마무리되는
그때까지… 소리 낼 것이다.

시원한 밤공기를
혼자만 즐기면서, 방에만 있으며
견뎌내는…. 다른 가족들을
조용히 그려본다.

# 하늘 전체가 구름이다

흐르지도 않는다.
푸른색은 아예 없고,
구름인지 하늘인지
구분되지 않는다.

해맞이 시간이 지나도
햇빛은 기별도 없고
가려진 하늘만,

흐림을 전한다.
축사 옆
계곡에 흐르는 물소리
두릅이 피어나고,

상추, 쪽파, 아욱이
비 맞으며 올라온다.
우물가에 돌미나리 베어내면
곧 입으로 들어선다.

가로수길 살구 열매 길바닥에
떨어지며
발바닥에 오독오독….

# 잣나무길

수목원 시작지점부터
줄 풀린 채 마음대로
뛰는 너였다.

속도감이 있으니 금방
곁으로 나타난다.

은여울 오솔길이
좋은 걸 다시 느낀다.
햇빛 쏟아지고,
그늘진 길목이 걷기 좋은
코스에다,

동행한 네가 날 찾으니,
산바람 맞으며 비탈길
오르내리면,
어느새 만보 코스에
도착하여진다.

등에 흐르는 땀
이마를 씻어내리는 땀
모든 것이 건강의 징표니라.

# 흙탕물이 유유히

미호천 강변을 흐른다.
엄청나게 쏟아진 이번 비로
논밭에서 흘러내린 갈색 물이
범람 직전 수위다.

자연 속에서 함께하는
네가, 들개처럼
자연스러운 삶,
멋진 세상을 사는구나.

걷는 길마다 피어나는 꽃,
찔레 향 그윽이
향기의 멋이 코에 전달되고,
아카시아 맑은 꽃과
봉삼의 아름다운 꽃 모습이,

내 눈을 잡아당겨 주는
오늘의 강변길,
해넘이 주변의 멋진 구름까지
내 마음을
사로잡는다.

# 예초기로 다듬는다

마당에 풀을 다듬고
눈에 보이는 여기저기를
가지런히 잘라낸다.

자연인의 삶이란
어떤 것도 만져야 하고
못하는 것 빼고는
모두를 알아야 산다.

꽃도 가꾸고
먹을거리도 준비하고
포토에 담아서 종자도 내보고,

씨를 직파하여 순도 틔우고,
잡초와의 싸움에서 이겨내기 위해서는
예초기를 곧잘 사용해야 주변이 깨끗하다.

풀과 싸움에서 이틀을 보냈더니
어깻죽지가 축 늘어진다.
다리도 휘청이고,
눈도 어슴푸레하다.

# 부처님 오신 날이

코로나 19덕에 윤달이 섞여서
한 달 연기되니,
5/30일에 연등을 켠다 한다.

사는 곳 주변에
온통 연등이 매달린다.
자비로운 부처님 은혜가
내 곁에 오는가 보다.

매일 아침 올라섰던
무량사 보살 거사,
연등을 매달고 있어
집 입구에 달도록 승낙했더니,

안내 현수막에 연등이 줄줄이 달려있어
사는 곳 우리 집,
멋진 사거리길로 사찰로 오인 될까 싶다.

어기 내가 사는 곳
시골이 맞는구나.
밤공기 마시며 마당에서
고요를 씹는 맛, 또 누가 느낄쏘냐…?

# 해당화가

전봇대 옆에서 벌써
사그라들고 있다.

좋아하는 꽃
강릉해변에서 옮겨온
그 꽃이

이번 계절에 내 눈에서
벗어난 채….
가시덤불 속에서 떨어지는
꽃잎만 보이다니?

바쁠 것도 없었는데
오늘 돌아보니,
복분자도 열매
블루베리도 열매

매실도 열매
꾸지뽕도 열매,
벌써
준비 중이다.

앵두, 보리수, 산수유는

어느새
열매가 색깔을 드러내고….

논두렁엔
나란히 나란히
심어진 모가 파랗게,

들판
논두렁 절반쯤을 채우며
서 있으니….

벼 고개 숙일 날도
잠깐이면 올 것만 같다.
세월 타령을 또 해야 할
순간이 잠깐 사이다.

은여울 산….
미호천 강변
오늘도 쉬면서
뭔가에 쫓기며 산다.

율무가 묻는다.
뭐가 그렇게 바쁘세요?

# 무량사 주변 대추밭에

연등이 준비된
부처님 앞 연못엔
연꽃이 올라올 준비에
수경 식물이 바쁘다.

저 멀리 물안개 가득한
산봉우리를 바라보며
해맞이 기분을 느껴본다.

녹음이 우거진
산자락 오르막길엔
취나물이 손길을 기다리나?
산토끼 몫인 듯 수북이 쌓여있고,

할미꽃단지의 꽃들은
수염을 날려내고
파란 풀로 둔갑하여
할미꽃 분간을 못 하게 한다.

아침이슬 자욱한 곳
연못 주변 돌무덤에서
율무와 정 나누며 오늘을 시작한다.

# 장미가 5월을 보내며

막바지로 치닫는다.
빨간 덩굴장미가
울타리를 넘나들며
찔레 향을 맡는 듯

축 처져서 피고 있다.
청매실도 또렷이
모습을 나타내고,

고라니 옮겨다가
매실 자라는 밭에 흙을 파고
묻어준다.

집 앞 개울에 머리 처박고
저세상으로 간 고라니 모습이
내 눈에 띈다.

짐승의 공격인지
지나가는 차량의 공격인지
좌우간에 세상을 등졌으니,

땅 파고 묻어줌이
예의인듯하여,

30kg 정도의 무게를
끌고 와서 수목장으로
묻어주느라
땀깨나 쏟아냈다.

농작물 새순이며
집주변
방풍 잎 잎사귀를
모조리 훑어 먹더니,
튼튼하게 자랐다.

우리 집 주변을 맴돌던
고 녀석임이 틀림없다.

그늘진 언덕길에 작약꽃이 즐비하고,
길 양쪽으로 수목이 우거지니
더운 날 그늘로는
눈에 띄게 좋아 보인다.

구름 낀 하늘에
시원한 산바람까지
땀 흘린 내 얼굴을
시원하게 벗겨준다.

오늘 저녁에 또 비가 온다더니….

# 햇빛 쏟아지는 길

숲이 우거져 그늘 주는 곳
은여울 오솔길
오늘 걷는 길이다.

녹음이 우거져
온 세상이 파랗다.
오랜만에 나섰더니
율무가 날뛴다.

어디를 다녀오는지
소신껏 이쪽저쪽 비탈길을
훑어내고 내가 걷는 길
용케 찾아온다.

물 한 모금 먹었더니
털썩 주저앉아 네 다리를
쭉 펴고 헐떡인다.

내 인생 네가 알아서
살 거라.
날 찾아오던지
숨어서 자연에서 살던지?

트로트 가락에
발걸음 맞춰가며
땀 흘리며 산길을 걷는다.

희로애락, 사랑, 이별
주변에 보이는 세상사
여러 모습을 트로트에
옮겨놓곤 가락에 취해
흥겨워한다.

보통사람들….
서민들이 즐겨듣는
그 노래가 트로트다.

팝, 발라드, 재즈로
세상 멋을 즐기는
또 다른 부류의 멋진 이들도
남아있지만,

들어온 대로 받아들이는
트로트에
요즘은 많은 이가 빠져든다.

방송 매체에서
흔들어대니, 더더욱 난리다.

# 아침이슬

운동화 신고 풀밭 걷기가
불편한 아침이다.
장화로… 바꿔야 한다.

구름 쌓인 하늘에
해님이 숨어들어,
햇살을 쪼끔 보여준다.

할미꽃 덩어리는
바람결에 모두 날아갔고,
고사리가 활짝 피어
숲을 이룬다.

봄나물도 시기가 지나니,
왕성하게 자라서
풀로 변해버린
초하의 아침이다.

쭉쭉 뻗어니는
소나무 새순을 물끄러미
쳐다보며
입에 넣고 씹으면서
송진향을 음미한다.

술 담아서 보관하면
몸에 좋다는
한국산 소나무 진이
잔뜩 보이는 산등성이다.

뛰어다니는
율무,
젊어서 너는 좋겠다.
힘껏 속도 내며 아침 운동을
즐긴다.

어슬렁대는
나와는 너무나도 다르다.
논바닥에 줄 서 있는
파란색 볏모가 요즘을
읽게 한다.

# 땀 뻘뻘 흘리며

율무 평계로 산에 오른다.
어딘가로 나서자고
문틀을 후비는 율무가,

날이 갈수록 많은 정을
쏟아내며
산행길도 얌전하고,
오히려 날 챙긴다.

귀여운 짓을 해대며
쉬는 곳에선 편한 자세로
발 뻗고 대기하고,

움직이면 같이 가자고
눈짓까지 하는 듯
보이기도 한다.

숲 우거지고
그늘이 시원한 곳
은여울 산 오솔길이
흙길로 쿠션까지 있으니,
개운하고 가볍다.

# 시골 모습

보고 싶은 친구도
살고 싶은 친구도 있을 법,

요즈음의 시골은
모내기가 거의 종 치고
상추가 넘실대고
감자가 꽃 피고

백년초가 마구잡이로
새끼를 늘려가고,
고추며 금화규며
참깨가 소신껏 자리 잡아

수확할 주인들께
기쁨 줄 준비에 여념이 없다.
참외가 꽃을 달고
노란 열매를 보일 날도
그렇게 멀지 않다.

하우스가 아닌
한데서 매달리면
맛도 좋다는데….

윗 밭에 수박은
주인 보살핌도 없이
잘 커가는지?
멧돼지가 수박은
먹지 않는다니…?
희한한 짐승 멧돼지구나.

오솔길을
그늘이 덮어주고
뻐꾸긴지 따오긴지,
간격을 맞춰서
오르막 오솔길 내내

내 귀를 즐겁게 하는
새까지 등장한다.
우는 소리 외 네 모습은
전혀 볼 수가 없으나,

그러려니 하면서
율무와 난 계속 걷는다.
운동도 좋고 즐거움도 좋다만,

계절 따라 먹을 수 있는 계절 음식이
건강을 지키고
면역력을 키운다고.….

# 오월

가정의 달.
힘들게 겪어온 오월이
끝나는 날이다.
마감되는 오늘이다.

어른이 챙기는 어린이날
자식이 챙기는 어버이날
제자가 챙기는 스승의날
둘이서 챙기는 부부의날.

도시 사람들은,
조건 붙여
챙기며 받고 살피는데,

시골 농부는,
씨 뿌리고 물주고 모종 심고
볍씨 내고 모심고 하다 보니,

어찌 가는지조차
분간하기 힘들게
매일을 보내며,
오월을 보낸다.

내일은 상반기 마감 달
6월이 시작되고
낮이 가장 길다는 하지가
끼어든 달이다.

하지에 캔다는 감자,
붉은빛 비트를 상대로
수확이 시작되고
익어가는 고추 엎드려
따야 한다.

매미 울고 모기 달려드는
한여름이 시작될 테니
얼마나 힘이 들꼬?

코로나로
집에서 버틴
학생 둔 엄마,

지칠 대로 지쳐서
쉬지 않으면 병난다고 야단이다.

코로나 역병,
어제나 한 달 전이나,
쉴 새 없이 마음 졸이니
모든 주변이 뒤죽박죽이다.

돌아가는 세상은
정치인과 언론인뿐인 듯,
모든 경제활동은
완전 정지 상태이니
하루하루가 숨이 막힌다.

그늘 섞인 은여울 오솔길
율무와 나는
걷고 또 걷는다.

뻐꾸기가 울고
풀벌레가 거미줄 따라
쭈-욱 늘어진 숲 사잇길
요리조리 헤쳐가며
만보 코스를 점령한다.

# 축하의 글 I     삶의 의미를 찾아서

## 아들 오명기(의사, 세종 속 편한 내과 원장)

시란
세상에 대해 끊임없이 관심을 가지고, 치열한 사유를
했을 때 써질 수 있다고 생각합니다.
따라서, 시집을 낸다는 것은, 위의 필요충분조건을 이
미 가졌다는 뜻인 것 같습니다.
인생 후반기에 지나온 인생을 돌아보시면서, 틈틈이
치열하게 사유(思惟)하신 결과물을 내신 것을 진심으
로 축하드립니다.
건강이 좋지 않아 어쩔 수 없이 선택한 시골 생활이
지만 그곳에서 삶의 의미를 찾고 자연과 함께하며 사
시는 부모님의 모습이 너무 보기 좋습니다.
세 자녀에게 아낌없이 지원해 주셔서 지금의 제 모습
이 되었기에 감사드립니다. 코로나 19로 인해 어려운
사정이지만 이럴 때일수록 아픈 사람에게 친절하고
따뜻한 말 한마디 더 할 수 있는 좋은 의사가 되어
아버지의 자녀로서 부끄러움이 없도록 살겠습니다.
부디 많은 사람과 좋은 내용 나누시길 바랍니다.
축하드립니다.

## 축하의 글Ⅱ  코로나도 나이도 질병도 이기고

큰 조카 오연자(일본 선교사)

호랑이는 죽어서 가죽을 남기고 사람은 죽어서 이름을 남긴다고 했습니다.

한 권의 책으로나마 큰 작은 아빠의 삶을 기록하게 되어 두고두고 추억할 수 있게 되어 행복합니다.

짧다고 하면 짧고 길다면 길 수 있는 인생을 살아갑니다. 그 삶 속에는 놓치고 싶지 않았던, 영원히 머무르고 싶었던 순간도 있었겠지요?

그러나 기록으로 남기지 않으면 희미해져 가는 기억 속에 잊힐 수밖에 없습니다.

서울에서의 삶을 정리하고 진천에서 제2의 삶을 살아가시면서 적어 내려간 일상(日常)이 시리즈로 만들어진다니 감개무량하네요.

율무와 함께 계절의 변화를 느끼고 하루하루 산책하며 느꼈던 삶의 순간을 이제는 책 속에 새겨진 글을 보며 돌이킬 수가 있게 되었네요.

코로나에도 나이에도 질병에도 지지 마시고 더욱더 노익장을 발휘하시며 즐겁고 행복한 하루하루가 되시길 소원하고 기도합니다.

## 편집자(編輯者)의 말　　따뜻한 봄 이야기

귀농 시인 오석원 님은 30년이 넘게 국세 행정 전문가로 살다가 지병 때문에 아무 연고도 없이 살기 좋은 생거진천 농다리 길로 20여 년 전 귀거래(歸去來)했다. 자연을 벗 삼고 맑은 물 좋은 공기 속에서 행복하게 살며 2남 1녀를 모두 성혼(成婚)시키고 의사, 약사, 공기업 임직원으로 이끌어 부모의 소임을 훌륭하게 감당했다.

삶에서 감사(感謝)를 잃지 않고 늘 깨끗한 사랑의 눈으로 보는 세상 이야기는 하루하루가 그대로 시가 되었다.

특히 2020년 코로나 19로. 전 세계가 심히 어려운 상황에서 일상의 소중함을 깨닫기에, 진달래 출판사에서 시인(詩人)의 봄 이야기를 담아 코로나 19와 함께한 잔잔한 행복을 나누고자 시집(詩集)을 마련했다.

책으로 내도록 허락하고 도와주신 시인에게 감사드리며. 늘 건강하고 행복이 넘치길 소망한다.


2020년 12월에


진달래 출판사 대표 오태영(시인, 작가)